녹일 수
있다면

제1회 현대문학＊미래엔
청소년문학상 수상작

녹일 수 있다면

임고을 장편소설

차례

1부

녹이기 전

$$1$$

　잠깐 사이 기온이 1도가 올랐다. 영하 221도의 봄날이었다. 태서진은 빠진 게 없는지 벌써 다섯 번째 짐을 확인했다. 이번 외출은 동생 태서리와 하던 것과는 달랐다. 그간은 집 근처만 가볍게 산책하듯 다녔다면 이번에는 2.1킬로미터나 떨어진 아주 먼 곳까지 가야 했다. 혼자서 말이다.

　태서진은 전신 거울 앞에 서서 옷매무새를 확인했다. 머리부터 발끝, 손끝까지 어디 구멍 난 데는 없는지 쓱쓱 쓸어 봤다. 6개월 전보다 키가 크고, 제법 살도 붙어서 슈트를 한 사이즈 큰 것으로 바꾸었다. 해녀복 같은 슈트는 입을 때마다 어색했고, 보기에도 별로 좋지 않았다. 그래도 누가 볼 일이 없으니 괜찮다 생각했다. 괜찮은 것은 이것만이 아니었다. 할머니가 곁에 없는 것만 빼면 온통 얼어붙은 이 세계가 그전보다 모든 면에서 나았다. 태서진을 조롱하고, 괴롭히고, 치아를 부러뜨리는 사람이 오늘도, 내일도 영원히 없는 세계. 그런 사람은, 그럴 만한 사람은 모두 다 저 밖에 얼어 있었다.

"가야 해."

서진은 동행자가 있기라도 한 것처럼 중얼댔다. 입을 열 때 금으로 씌운 윗니 두 개가 거울에 반사돼 반짝거렸다. 얼른 입을 다물고 헬멧을 머리에 썼다. 오전 11시였다. 밖은 큰비라도 쏟아질 듯 흐릴 테지만 그 정도면 하루 중 꽤 밝은 시간대에 속했다. 굳이 따진다면 여름날 오후 7시의 광량 정도일까.

서진은 짐 운반 장치이자 길을 안내해 줄 튜브의 윗면에 검지 버튼을 가져다 댔다. 즉각 연두색 불빛이 들어오며 전원이 작동했다. 기계가 바닥에서 가슴께까지 둥실 떠올랐다. '튜브'라는 이름은 서리가 붙였다. 서진은 가운데가 뚫린 도넛 모양의 검은색 튜브 안쪽에 서리를 녹이는 데 필요한 장비들을 챙겨 담았다. 해동기, 텐트, 접이식 의자, 여벌 슈트, 물, 먹거리나 간식 같은 것.

할머니는 손녀들이 밖에 나가지 않고 집에만 머물러 있길 바란 것 같다고 서진은 생각했다. 그게 아니라면 타고 다닐 수 있는 이동 수단 하나쯤은 만들어 주지 않았을까. 서진은 튜브를 탈 수 없다는 점이 처음으로 아쉬웠다. 안에 짐을 담고 위치를 입력하면 목적지까지 이동이 가능했지만, 사람이 올라탈 순 없었다. 위에 걸터앉으면 한쪽으로 확 기울어져 균형이 쉽게 무너졌다. 양발을 딛고 서는 것도 위험했다. 하지만 서리는 서핑보드에 오르듯 자꾸 튜브를 밟고 섰고, 번번이 바닥으로 고꾸라졌다. 뼈가 부러진 적은 없지만 그럴 만한 순간이 여러 번 있었다. 아무리 말려도 듣지 않았다. 서진은 동생의 무모한 행동을 말리다가 인생을 다 허비하게 될 거라고 생각한 적이 있는데 지금 보면 정말 그렇게 됐다. 예감은 틀리지 않았다.

서진은 숫자 '2'가 양각으로 도드라지게 새겨진 튜브에 미동중학교 인근 미동놀이터를 목적지로 미리 입력해 뒀다. 속도 버튼 가운데 '아주 빠르게'와 '천천히', '아주 천천히' 사이에서 고민하다가 '천천히'라 적힌 속도 버튼을 눌렀다. 서진의 눈길이 '아주 빠르게'에 가 닿았지만 그것은 튜브만 움직일 때 가능한 속도였기 때문에 현실적이지 않았다. 튜브뿐만 아니라 서진 역시 목적지에 도착해야 하니까. 곧 튜브가 위아래로 가볍게 넘실대더니 스윽 미끄러지며 벽 쪽으로 가 퉁퉁 부딪혔다. 서진은 튜브에 달린 긴 끈을 손목에 돌려 감아서 묶고, 문으로 다가갔다. 작동 중인 튜브는 별달리 힘을 쓰지 않아도 이리저리 이동시킬 수 있었다.

첫 번째 문을 열고, 다음 문을 열고, 마지막 문까지 통과했다. 문이 개폐될 때마다 공기를 차단하는 에어커튼이 자동으로 작동되었다. 슈트를 입었어도 바깥 공기에 노출되는 순간 찬기에 소름이 돋았다. 하지만 이 얇디얇은 슈트가 체온을 지키고 동사를 막아 준다.

허리께 높이까지 떠오른 튜브는 앞으로 부드럽게 나아갔다. 서진은 '천천히'에 맞춰 발을 뗐다. 몇 걸음 걷지 않았는데도 숨이 가빴다. 걷는다고 걸어도 손목에 감긴 끈이 수시로 팽팽해져 걸음을 재촉했다. 튜브가 이끄는 데로 걷다 보면 놀이터에 도착할 테고, 태서리 말대로라면 그곳에는 적어도 두 명이 넘는 사람이 얼어붙어 있을 거다. 하나는 서리, 다른 하나는 이 난리의 원인인 어떤 남자애. 둘만 있으면 다행인데 놀이터에 머물거나 그곳을 지나가다가 얼어붙은 사람들이 더 있을지 몰랐다.

서진은 동생 말고 다른 인간을 녹일 마음은 조금도 없었다. 그것은 무모하고 위험한 일이었다. 목적지에 도착하면 태서리만 녹여서 곧장 집으로 돌아올 거였다. 문제는 얼음 인간들 사이에서 태서리를 어떻게 찾는가였다. 얼음 인간들은 서로 구분이 가지 않았다. 키나 몸집이 크고 작은 정도의 차이는 있었지만 그것만으로 누가 누구인지를 알긴 어려웠다. 하지만 6개월 전 얼어붙은 사람과 이제 얼어붙은 서리는 다를 게 분명했다. 좀 더 투명하게 얼지 않았을까. 그리고 동생을 알아보지 못할 리 없다고 서진은 믿었다. 걱정되는 게 있다면 그 남자애를 녹이지 않고 동생만 녹여 집에 돌아온다면 서리가 언제고 이런 일을 또 벌일 수 있다는 점이었다. 남자애를 녹여 줄 때까지 계속 고집을 부리면 어쩌지? 서리는 고집이 대단했다. 하지만 냉동되는 경험으로 철이 들었을 거다. 꼭 직접 겪어야 깨닫는 유형들이 있으니까. 어쨌든 서진은 서리의 바람대로 사람을 둘이나 녹여 오는 일은 절대로 하지 않을 작정이었다.

눈보라가 치며 앞이 뿌예졌다. 서진은 헬멧을 썼다는 것을 잊고 눈을 꽉 감고 멈춰 섰다. 지구는 언 뒤로도 해가 뜨고, 바람이 불었다. 열기가 느껴지지 않아 아쉽긴 해도 해가 뜬다는 건 지구가 완전히 고장 나지 않았다는 신호라 안심이 되었다. 서진은 눈을 뜨고 발끝에 힘을 주며 전진했다. 날카로운 신발 밑창이 바닥에 박혔다 빠질 때마다 몸이 휘청거렸다.

지금이라도 튜브 속도를 '아주 천천히'로 한 단계 더 낮춰야 할지 고민하다 관두었다. 그럼 시간이 너무 오래 걸린다. 어두워지기 전에 동생을 만나야 했다. 오후 5시만 돼도 앞이 잘 보이지 않을 만큼 어두워졌고, 어둠에 갇히는 건 얼음에 갇히는 것만큼 나쁜 일이 될 테니까.

놀이터까지 가는 예상 소요 시간은 160분이었다. 지구가 얼기 전이라면 걸어서 30분이면 충분했겠지만, 지금은 아니었다. 튜브는 규칙적으로 리듬을 타며 순풍을 탄 배처럼 천천히 나아갔다. 서진도 일정한 보폭으로 속도를 유지했다. 여기서 튜브를 놓치는 일은 상상하고 싶지 않았다. 그제야 튜브를 한 대 더 움직였어야 했다는 후회가 들었다. 좀 더 느리게 뒤를 쫓아오 게끔 했어야 했다. 여러 경우의 수를 따지며 준비했는데도 놓친 게 있었다.

직선으로 가던 눈앞의 튜브가 갑자기 곡선을 그렸다. 앞에 가로막힌 장애물이 있다는 뜻이었다. 그게 뭔지 서진은 알았다. 서리와 함께 산책을 나오면 이 길을 자주 지나쳤고 그때마다 본 얼음 인간이었다. 둘은 하루도 산책을 거르지 않았다. 집 안에 있으면 자꾸만 밖에 나가고 싶은 충동이 일었다. 집에 갇혀 있다는 느낌에 갑갑했다.

서진은 얼음 인간을 힐긋 보았다. 아주 두꺼운 얼음이 관처럼 인간을 감싸고 있었다. 그 안에 갇힌 인간이 누구인지는 당연히 알 수 없었다. 머리로 짐작되는 위쪽에 중절모같이 생긴 게 얼어 있어서 중년 남자가 아닐까 예상하지만 정확하진 않았다. 이곳을 지나다 불시에 얼어붙었다는 것만 확실했다. 얼어붙은 사람들 대부분이 그랬으니까 특별히 운이 나빴다고 볼 순 없었다. 오히려 운이 나쁜 쪽은 서진이었다. 살면서 운이 좋았다 느낀 적이 없었다. 얼지 않고 이렇게 숨 쉬고 있는 지금도.

서리는 이 얼음 인간을 지나칠 때마다 "언니, 우리 이 중절모 녹여 볼까?" 하고 묻곤 했다. 농담처럼 말했지만, 서진은 그 안에 진심이 감춰져 있는 것쯤은 알았다. 서리는 얼음 인간들을 녹이고 싶어 했는데, 서진이 보기에 그건 지루함을 견디지 못해서였다.

"태서리, 내 말 들려? 너 어디 있어? 대답해!"

헬멧끼리 통신으로 연결되어 있기 때문에 인근에 서리가 있다면 찾을 수 있을 것이다. 그랬다, 서진은 서리가 얼지 않았을 수도 있다고 생각했다. 슈트를 벗어 던지고 온몸을 순식간에 꽁꽁 얼리는 일은 상상으로는 쉬웠다. 하지만 행동으로 직접 옮기는 일은 다른 문제였다. 아주 어린애도 아니고, 열다섯 살이면 하지 말아야 할 행동 정도는 분별할 수 있을 거였다.

여러 번 서리를 외쳐 불렀지만 아무런 응답이 오지 않았다. 헬멧을 쓴 사람끼리 일정 거리 안에서 대화할 수 있다는 사실을 알려 준 것은 서리였다. 서리는 처음 보는 기계들을 설명서도 보지 않고 능숙하게 만졌다. 서진은 새로운 것에 호기심을 갖는 편이 아니었다. 자매인데도 너무 달랐다. 그래도 서리 덕분에 지하 공간의 많은 기계와 도구를 서진도 다룰 수 있게 됐다.

지구에 난리가 나기 두 달 전, 자매는 좁은 아파트에서 더 좁은 지금의 주택으로 이사했다. 그때만 해도 집안 형편이 어려워졌다고만 생각했다. 지하에 이런 엄청난 공간과 집이 연결되어 있을 줄은 몰랐다. 지하 공간만 본다면 할머니가 지구를 얼린 장본인이 아닐까 의심하지 않을 수 없다. 순식간에 살아 있는 모든 것이 얼어붙었는데, 관계가 없다면 불시에 닥친 재난 상황을 이렇게까지 대비할 수 있었을까? 체온 유지 슈트, 채소가 재배되는 유리온실, 영양소를 다 갖춘 에너지바, 로봇 진료실, 튜브나 해동기 같은 장치들. 지하에는 살아가는 데 필요한 모든 것이 풍족하고 섬세하게 갖추어져 있었다. 서리처럼 직접 나서서 문제를 만들지 않는다면 아무 일도 생기지 않았을 거다.

시계를 보니 겨우 30분쯤 걸었는데 숨이 턱까지 찼고 체력도 바닥난 기분이었다. 서진은 동생이 어제 집에서 언제쯤 사라졌을지 추측해 봤다. 아침을 함께 먹었으니까 그 이후 시점부터 늦은 점심을 먹기 전이었다. 요즘 둘은 하루 한 끼나 두 끼를 같이했다. 오전 9시쯤 한 번, 오후 4시 정도에 한 번. 아침을 먹고 뒷정리를 하고, 각자 방에서 시간을 보낸 다음 4시에 다시 만났다. 서진은 식사 뒤 보통 잠을 잤는데, 어제는 오후 5시가 넘어서 간신히 눈을 떴다. 그러니까 서리는 오전 10시에서 오후 5시 사이에 집을 떠났다. 낮잠을 자고 깬 서진은 지하 공간 어딘가에 서리가 있기를 바랐다. 하지만 침대 협탁에 편지가 놓여 있었다. 볼 수밖에 없는 자리에 떡하니 올라와 있었다. 수다스러운 서리는 편지도 두 장이나 빼곡하게 썼다.

'언니, 우선 너무 미안해. 하지만 이렇게 해야만 했어.'로 시작하는 편지였다. 서진은 차근차근 읽어 내려가지 못하고 다급히 마지막 문장으로 시선을 옮겼다.

'내가 하고 싶은 말은, 날 꼭 녹여 줘. 빨리 와! 기다릴게.' 편지는 그렇게 끝이 났다.

서진은 서리가 이러는 게 사춘기의 호르몬 때문만은 아닐 거고 정신적으로 문제가 있을지 모른다고 생각해 왔다. 자신도 중학교 시절을 지나왔지만 이렇게까지 충동적으로 행동하진 않았다.

어떻게 다른 사람을 녹이고 싶어서 스스로 얼 수가 있는지 이해되지 않았다. 냉동 상태는 아주 안전하며 삶이 그저 일시 정지됐을 뿐 절대 죽은 게 아니라고 할머니는 말했다. 하지만 다시 재생될 가능성이 '0'에 가까운 일시 정지라면 그것은 죽음이라 불러야 옳지 않을까.

서진과 서리는 이 문제를 두고 수시로 논쟁했다. 얼음 인간은 죽은 걸까 아닐까. 서진은 입장을 바꾼 적이 없다. 고민할 것 없이 언 시체였다. 지구 전체가 커다란 공동묘지나 다름없었다. 인간들은 모두 얼음 관 속에 갇혀 영영 깨지 못한다.

서리는 의견이 달랐다. 인간들은 그냥 냉동실에 잠깐 들어갔을 뿐이라고 주장했다. 냉동식품이 해동만 하면 처음과 다를 바 없는 상태가 되듯 얼음 인간도 마찬가지라 죽었다고 할 수 없다고. '다를 바' 없다가 '똑같다'가 아닌데, 그게 얼마나 큰 차이인지 서리는 이해하지 못했다.

사람을 식품과 비교하는 게 유쾌하지는 않지만 냉동고에 6개월 내내 보관된 유통 기한 지난 식품을 먹어야 한다면 내키지 않는다. 그러니까 냉동된 상태가 이전과 같진 않다는 것을 인정해야 했다. 6개월을 보내는 사이 식품은 상한다. 인간도 마찬가지다. 냉동되기 전과 녹은 뒤가 같을 수 없다.

논쟁의 끝은 늘 말다툼으로 마무리됐다. 서리는 녹이고 싶어 했고, 서진은 절대로 그러고 싶지 않았다. 하지만 결국에는 서진이 이겼다. 서리가 생각을 바꿔서는 아니었다. 서리가 아무리 얼어붙은 인간들을 녹이고 싶어 해도, 그 일은 서진만 할 수 있기 때문이다.

서리는 결코 굴복하는 유형이 아니었다. 서진은 알고 있었지만 동생과 종일 붙어 지내면서 더욱더 잘 알게 됐다. 서리는 어떻게든, 무슨 수를 써서라도 이긴다. 지금처럼 말이다. 본인이 직접 얼어서라도.

이제 서진은 얼어붙은 인간을 죽었다고 보지 않는다. 그러니까 서리 말대로 얼음 인간들은 죽은 게 아니라 일시 정지 상태라는 서리의 주장이 완벽하게 옳았다. 서진이 틀렸고, 서리가 맞았다.

얼기 위해 슈트를 벗는 순간, 서리는 언니를 이겼다고 좋아했을까. 그랬을지도. 하지만 1초도 지나지 않아 후회했을 거고, 후회는 소용없었다. 땅에서 솟구친 괴물 같은 냉기가 발목을 꽉 붙들어 선택을 돌이킬 수 없게 할 테니까. 서진은 장난기 가득한 표정에서 겁을 먹고 얼음 인간이 됐을 서리를 떠올리며 온몸이 서늘해졌다. 심장이 옥죄이는 느낌이 들었다. 서리는 얼어 갈 때의 고통을 가늠해 봤을까? 아마 아니겠지. 다가올 고통을 상상하는 습관은 서진에게만 있으니까.

서진의 눈에 비치는 얼음 인간들은 더는 죽은 자가 아니었다. 얼음에 갇힌 살아 있는 사람들이, 녹여 줄 누군가를 애타게 기다리고 있다 생각하자 보기가 어려웠다. 그 누군가는 서진뿐이었고, 서진은 외면할 거였다.

하늘로 눈을 돌리자 뿌연 가운데 희미하게 빛이 보였다. 할머니는 소행성 하나가 예상대로 지구 가까이에서 폭발했고, 그와 동시에 지구를 냉각시키는 가스가 대기를 에워쌌다고 했다. 아주 오래전부터 외계 생명체가 계획한 지구 냉동 프로젝트였다. 할머니는 지구 온도가 높아지면 외계 생명체가 지구를 얼릴 거라는 경고를 계속해 왔지만 극소수 사람들 빼고는 대체로 귀담아 듣지 않았다. 다들 한때 저명한 과학자가 사이비 종교에 빠져 머리가 돌아 버려 말도 안 되는 종말론으로 사람들을 불안케 한다고 조롱했다. 서진은 할머니와 함께 살며 할머니를 봐 왔기 때문에 할머니가 미치지 않았다는 것은 알았다. 하지만 대다수 사람들처럼 할머니가 하는 말을 믿지 않았다. 외계 생명체에게는 지구가 자원 창고고, 창고 온도가 높아져 자원이 손상되는 걸 막기 위해 통째로 지구를 얼릴 거라는 말을 누가 진지하게 믿을 수 있을까.

서진은 태양 빛이 조금만 더 가까이 와 닿길 바라며 하늘만 보며 계속 걸었다. 비둘기든 까마귀든 나는 새들이 보고 싶다고 생각할 때 중심을 잃고 고꾸라졌다. 머리가 땅에 닿았다. 둔중한 쿵 소리가 헬멧 안을 채웠다.

비행하던 새들은 다 어떻게 됐을까? 허공에서 얼어 그대로 추락했을까? 땅 어딘가에 돌처럼 얼어 있을까. 그럼 방금 발에 걸린 게 돌이 아니라 새일 수도 있나. 서진은 끙 신음을 뱉으며 무엇에 걸렸는지 확인했다. 돌인지 새인지 아예 아무것도 찾을 수 없었다. 백색 땅은 모든 것을 감쪽같이 감추었다. 손목에 감긴 줄이 팽팽해지며 빨리 일어나라고 재촉했다. 튜브를 놓쳐서는 안 되었다. 튜브 없이는 목적지로도 집으로도 갈 수 없었다. 지구가 언 순간 길은 다 지워지고, 하나의 덩어리가 되었다. 서진은 신음을 뱉으며 몸을 일으켰다.

평지가 아니라 가파른 산을 오르는 느낌이었다. 등반가인 아빠라면 쉽게 이동하겠지만 일반인에게는 무리였다. 넘어지면서 다쳤는지 목이 찌릿했고, 무릎에서 통증이 타고 올라왔다.

서진은 뒤를 돌아보았다. 집이 어디 있는지 방향을 가늠하기 어려웠다. 다시 돌아갈 생각 말라는 듯 튜브가 또 손목을 잡아당겼다. 당연히 이 여정을 포기할 생각은 없었다. 다만 집으로 가 준비를 제대로 해서 다시 출발해야 하나 고민했을 뿐이다.

서진은 동생 없이 혼자서 살 자신은 없었다. 만약 서리를 찾지 못하는 최악의 사태가 생긴다면 서진은 본인도 얼 수밖에 없을 거라고 생각했다.

허공을 딛듯 안정감이 없어서 발에 자꾸만 힘을 주게 됐다. 서진은 손목을 들어 얼마나 더 가야 하는지 위치를 확인했다. 어느덧 출발한 지 두 시간이 지났는데 같은 자리를 맴도는 기분이었다. 하얀 화면 위의 검은 커서처럼 튜브가 깜박거렸다.

화장실에 가고 싶을까 봐 물을 먹지 않았는데 한 모금 정도는 마실 걸 그랬다는 후회가 들었다. 20분만 쉬어 갈까. 발목은 시큰거리고, 갈증으로 목이 탔고, 산소가 부족한지 계속 하품이 나왔다. 더 걷기는 무리다 싶은 순간, 손목의 위치가 진동했다. 목적지에 거의 왔다는 신호였다. 서진은 손목에 감은 튜브의 줄을 풀어냈다. 유유히 앞으로 나아가다 멈춘 튜브가 위아래로 가볍게 넘실거렸다. 바로 저기가 놀이터였다.

가까이 갈수록 놀이기구의 윤곽이 드러났다. 저건 미끄럼틀, 저건 그네, 저건 시소. 오른편에 철봉으로 짐작되는 (다른 것과 달리 철봉은 철봉이 맞는지 확신하기 어려웠다. 하지만 시소 옆이니 철봉이 맞겠지.) 기구 근처 바닥에는 커다란 검은 까마귀가 앉아 있었다. 하지만 까마귀가 지금 여기에 있을 리 없었다. 아마 서리가 벗어 둔 검은 슈트겠거니, 서진은 생각했다.

슈트 옆에는 얼음 인간이 하나 있었다. 서진은 놀이터를 휘휘 둘러보았다. 다행인지 다른 얼음 인간은 더 보이지 않았다.

저 얼음 인간이 서리인지 아니면 서리 친구일지 고민할 필요는 없어졌다. 서진은 서리가 약속한 그 장소에서 얼었다는 점에 깊이 감사했다.

동생이니까 알아보지 못할 리 없다는 확신은 크나큰 착각이었다. 서리를 꽁꽁 숨긴 얼음은 아주 두껍고 불투명해서 몸의 윤곽조차 비치지 않았다. 아마 여기 얼음 인간이 하나 더 있고, 막상 녹이고 보니 서리가 아니라 그 남자애였다면 결국 둘 다 녹일 수밖에 없겠지. 서진 입장에선 남자애가 서리를 거절한 게 무척 다행이었다.

아무도 없는 텅 빈 놀이터를 보자 몹시 실망했을 서리의 마음이 짐작됐다. '혜성'이라는 남자애가 자기 고백을 받아 준다면 이 장소로 나오기로 했다고 하는데, 결과는 거절이었나 보다. 그럼 그냥 집에 돌아왔어야지 굳이 슈트까지 벗고 냉동됐어야 하나? 자신을 좋아하지도 않는 남자애 때문에 이런 무모한 행동을 하다니. 하지만 서진도 알았다. 서리가 얼어붙은 이유는 마음이 무너져서가 아니라는 걸. 서리는 목표한 게 있어서 얼어붙었다.

서리는 서진이 얼음 인간들을 녹이지 않는 가장 큰 이유가 해동된 다음 몸에 정말 이상이 없을지 확신이 없기 때문임을 알았다. 문제가 생긴다면, 그 문제가 죽음과 연결되어 있다면, 서진은 살인을 하는 셈이었다. 해동되어도 이상이 없다고 굳게 믿는 서리는 몸소 안전함을 증명하려고 했겠지. 죽었다 깨어나도 서진은 이해할 수 없는 무모함으로.

서진은 튜브에서 녹일 장비들을 꺼내 오기로 했다. 걸어가면서 생각하니 서리가 챙겨 나왔을 튜브가 놀이터 어디에도 보이지 않았다. 1번 튜브가 여기 어딘가 있어야 하는데 왜 없지? 튜브가 거센 바람에 밀려 움직이는지는 따로 실험해 본 적은 없었다. 일을 다 마치고 주변을 수색해야 할지도 모른다. 그러나 튜브 하나쯤은 없어도 그만이었다. 지금은 서리를 녹이는 게 급선무였다.

2번 튜브를 철봉 가까이로 끌고 와 챙겨 온 물품들을 꺼냈다. 텐트를 끄집어내는데 다른 물건들이 우르르 함께 떨어져 순식간에 얼어붙기 시작했다. 하얗게 얼어 가는 물건들을 보자 공포가 밀려왔다. 서진은 굳은 채로 서서 침착해야 한다고 되뇌었다. 시간이 오래 걸리더라도 실수하지 않는 편이 나았다. 이제부터는 남는 게 시간이었으니까.

서진은 얼어붙은 서리를 중심으로 텐트를 쳤다. 철봉 높이가 걱정이었는데 다행히 텐트가 더 컸다. 불시에 언 것도 아니고 계획적으로 언 사람이 굳이 철봉 옆에 자리를 잡다니 사려 깊지 못함에 한숨이 절로 나왔다. 무엇 하나 평범하지가 않았다. 화가 오른 탓인지 몸이 따뜻해졌다. 물론 텐트가 찬 공기를 차단한 게 더 큰 이유겠지만.

텐트 위쪽에 랜턴 하나를 걸었다. 조명이 노란 빛을 발하자 내부는 확연히 아늑해졌다. 서진은 얼어붙은 서리의 머리 쪽을 보며 중얼거렸다.

"태서리, 너 아주 녹기만 해 봐."

작은 상자처럼 생긴 해동기는 한 손으로 가볍게 들 수 있는 무게였다. 서진이 해동기를 쓰는 것은 이번이 처음이었다. 지금까지 자매는 그 무엇도 녹여 본 적 없었다. 서진은 설명서를 읽고, 해동기 끝에 길고 가는 호스 같은 걸 연결했다. 설명서는 이미 여러 차례 읽어 달달 외울 수 있을 정도였다.

얇은 은빛 매트를 펼친 다음 매트에 달린 호스를 해동기 호스와 단단하게 연결했다. 땀으로 축축한 손을 수건에 닦고 해동기의 전원 버튼에 집게손가락을 올렸다. 손이 덜덜 떨렸지만 다행히 지문 인식에는 문제가 없었다. 인식이 끝나자 본체에 빛이 들어오며 문구 하나가 떴다.

〈**안면 인식을 시작합니다.**〉

해동기의 유일한 관리자인 서진이 해동기 위로 얼굴을 가져갔다. 서리가 봤다면 '이게 이렇게 작동하는구나.' 하면서 쓸쓸해할지도 몰랐다. 서리가 해동기에 지문을 인식시킬 때마다 〈**승인된 관리자가 아닙니다. 접근할 수 없습니다.**〉 하는 경고음이 떴으니까. 할머니는 서리가 사람들을 마구잡이로 녹여 댈 것을 예상했겠지. 그렇지만 서리가 얼 거라고는 예상하지 못했을 거다.

〈해동을 시작합니다. 녹이려는 대상 가까이에 매트를 두세요.〉

〈소요 시간을 계산 중입니다.〉

〈완료 메시지가 뜰 때까지 기계 전원을 끄지 마세요.〉

〈21시간 13분 뒤 해동이 완료됩니다.〉

설명서에는 언 정도에 따라 해동 시간에 차이가 있고, 평균 20시간 정도가 걸린다고 나와 있었다. 해동기에서 '삐' 소리가 울렸다. 서진의 귀와 손끝에서 맥박이 빠르게 뛰었다. 매트는 생물처럼 움직여 얼어붙은 서리를 완벽하게 감쌌다. 찰나지만 서리를 얼음 상태로 두는 게 옳았을까 혼란스러웠다. 제대로 녹지 않고 문제가 생기면 서리는 어떻게 될까. 하지만 늦었다. 설명서에는 굵은 글씨로 이렇게 적혀 있었다.

〈작동 중인 해동기를 임의로 멈출 시 인체에 치명적 손상이 갈 수 있습니다.〉

서리가 녹는 과정에서 손상될 일은 절대 없을 것이다. 언제나 백 퍼센트 확신하는 법 없는 할머니가 문제없다고 말했으니까 믿어도 좋겠지. 서진은 내일 오전 11시 33분, 녹은 서리와 함께 집으로 돌아갈 것이다.

서진은 훌렁한 옷으로 갈아입기로 했다. 슈트를 벗자 무릎에 멍이 보였는데 부상이라 말할 정도는 아니었다. 온몸을 옥죄는 슈트를 벗자 숨쉬기가 한결 편했다. 보온병을 꺼내서 김이 폴폴 나는 보리차를 한 모금 마시자마자 잔기침이 터져 나왔다.

서진은 작은 접이식 의자를 펼쳐서 몸을 기댔다. 문득 이런 텐트를 만들 기술이 있다면, 도시 전체를 감싸 볼 수 있지 않았을까 하는 의문이 들었다. 그랬다면 인류는 어떻게든 생존해 나갔을 텐데. 많은 사람들이 할머니의 말을 믿어 줘야 가능한 얘기였겠지만.

할머니의 주장을 전적으로 믿어 주는 사람들도 있긴 했다. 그 수가 아주 적긴 해도 영향력이 없진 않았다. 모든 게 갖춰진 복합 쇼핑몰 같은 지하 공간이 그 증거였다. 할머니는 부자가 아니었으니까(오히려 그 반대였다), 이 정도 대비를 함께한 협력자가 분명 있을 거라고 서진은 추측했다. 그 사람들 역시 서진과 서리처럼 지구 어딘가에서 숨 쉬며 살고 있지 않을까. 있다면 어디에서 지내고 있을까. 그들에게도 해동기가 있어 사람들을 하나둘 녹이고 있을까.

할머니는 되도록 많은 사람들을 녹이라는 말은 남긴 적이 없었다. 서진은 누군지도 모를 인간들을 녹였을 때 이후 벌어질 일들을 감당하고 싶지 않았다. 일단 사람을 녹이면 그들과 같은 공간에서 먹고 마시고 자는 일을 평생 함께해야 했다. 정확히는 살아가는 데 필요한 모든 것을 서진이 해결해 줘야 했다. 가장 큰 문제는 녹은 자들이 다른 누군가를 녹여 달라고 집요하게 요구할 거라는 점이었다. 내 엄마만, 내 아빠만, 내가 사랑하는 사람 딱 한 명만 더 녹여 달라고 바랄 거다. 요구를 들어 주지 않으면 서진과 서리를 위협하는 게 수순이었다. 절대 누구도 녹이지 않겠다고 다짐한 서진이 동생을 녹이고 있는 것처럼 자연스러운 전개였다.

서리가 "언니는 녹이고 싶은 사람이 진짜 하나도 없어? 아빠도?" 하며 물을 때마다, 서진은 질문이 마음에 들지 않았다. 질문하는 서리 역시 아빠를 녹일 생각은 하지 못했을 거다. 히말라야에 있는 사람을 무슨 수로 찾아가 녹일 수 있을까? 아빠는 지구가 이렇게 된 줄은 꿈에도 모르고 얼어붙었을 텐데. 아마 갑자기 닥친 눈 폭풍에 이렇게 불운하게 생을 마감하는구나 싶었겠지. 아빠를 녹이고 싶지 않느냐고? 히말라야가 아니라 동네 뒷산이라고 해도 그건 불가능했다.

서리는 꿈에도 몰랐겠지만 서진 역시 누군가를 녹이는 상상을 종종 했다. 특히 금으로 빛나는 치아를 거울로 볼 때마다 그랬다. 꽝꽝 언 그 애를 녹이고, 상황을 깨달은 그 애가 두려움에 짓눌리는 찰나에 다시 얼려 버리는 상상. 언 상태에서 망치를 휘둘러 그냥 산산조각 내는 상상.

서진은 한때 이 세상에서 흔적도 없이 사라지고 싶다고 소원했다. 그런데 서진은 남고 세상이 사라져 버렸다. 소원이 이뤄진 걸까, 지구가 언 게 외계 생명체의 자원 저장 차원이 아니라 어떤 절대자가 서진의 간절한 소원을 들어준 게 아닐까. 말이 안 되지만 지구가 급속 냉동된 것 역시 말이 되진 않으니까.

서진은 몸을 숙여 해동기에 뜬 남은 시간을 확인했다. 아직도 19시간 넘게 남아 있었다. 집으로 갔다가 다시 돌아올 수도 있는 시간이었다. 그렇지만 서리가 녹는 사이 자리를 뜰 순 없었다. 누울 수 있는 간이침대, 책 한 권 정도 챙겼으면 좋았을 텐데.

할 수 없이 다른 읽을 게 있었다면 꺼내지 않았을 편지를 펼쳤다.

언니에게

언니, 안녕. 잘 잤어?

우선 너무 미안해. 하지만 이렇게 해야만 했어.

언니가 이 편지를 읽고 있을 즈음이면 난 빙판을 걷고 있겠지.

오늘은 날이 따뜻하면 좋겠다. 원래라면 지금은 봄이잖아. 초록색을 잔뜩 보고 싶은데. 언젠가 그런 날이 오면 우리 소풍 가자. 해 뜨자마자 나가서 컴컴해질 때까지 놀자.

오늘은 나 혼자서 밖에 나가기로 했어. 미리 말하면 언니는 당연히 못 가게 했겠지. 내가 몇 번이나 허락을 받으려고 했는데 안 된다고 했잖아. 왜 못 하게 하는지 이해는 해. 언니는 언 사람을 녹였을 때 안전할지 확신할 수 없다고 했잖아. 그런데 할머니가 한 말 언니도 들었잖아. 지구가 얼기 전 이미 완벽하게 실험을 마쳤다고.

나는 얼음 인간들이 문제없이 잘 녹을 거라고 확신해.

예전에 우리 같이 본 영상 기억나? 극지에서 발견된 냉동 인간과 식품 냉동고에 갇힌 푸들이 이상 없이 살아났다는 거. 조작된 영상이라고 곧 묻혔지만 그 시점에 이미 지구 생명체는 얼어도 세포가 파괴되지 않았대. 잘 얼고, 잘만 녹인다면 얼기 전과 같은 상태로 돌아올 수 있어. 그러니까 걱정은 전혀 안 해도 돼. 얼어붙은 인간들을 녹이는 건 아주 의미 있는 일이야. 우리는 뭐라도, 하나라도 더 녹여야 해. 그래야 초록을 보는 날이 빨리 다가오지.

언니가 얼마나 화났을지 생각하면 마음이 아파 와. 속상하게 만들고 싶진 않은데. 그러니까 너무 화내지 말고 날 용서해 줘. 무엇보다 꼭 녹여 줘. 언니가 처음으로 녹이는 인간이 나였으면 좋겠어. 언니 말대로 혹시 잘못된다면 그건 그냥 내 잘못이잖아. 언니가 누누이 강조한 대로 난 책임질 수 있는 일을 벌인 거야.

처음에는 우리 집 바로 밖에서 얼어 볼까 생각했어. (놀이터까지 나오려면 언니가 너무 힘들 테니까.) 그렇지만 언니가 나만 녹이고, 혜성이는 그대로 둘 수 있겠다 생각했어. 내 말 맞지?

밖에 나올 때 튜브에 이것저것 잘 챙겨서 나와. 밥도 든든하게 챙겨먹고 나오고. 그 정도 시간은 나도 기다릴 수 있으니까.

날 찾기는 쉬울 거야. 냉동되려면 슈트를 벗어야 할 테니까. 벗어 둔 슈트는 얼지 않을 거고. 슈트를 발견하면 그 근처 얼음 인간부터 녹여 줘.

한 가지 걱정되는 게 있어. 언니가 나를 녹이지 않고 그대로 두는 거지. 녹였을 때 오히려 나를 영영 잃게 될까 봐. 혹시 잘못될까 봐 그냥 두는 거야. 아무것도 하지 않으면 아무 일도 일어나지 않으니까. 그런데 난 언 상태로 있고 싶지 않아. 언 상태가 어떤지 우린 모르잖아. 그런 얘기는 들은 적도 없고. 추위를 느끼진 않겠지? 생각만으로도 오싹해지네. 꼼짝도 못 하는데 악몽 같은 걸 꿀까 봐 그것도 싫고…….

내가 하고 싶은 말은 날 꼭 녹여 줘. 빨리 와! 기다릴게.

언 인간들은 무감각, 무의식 상태니까 50년 뒤 깨어난다 해도 그간의 시간을 알 수 없다. 왜 이렇게 늦게 나타났느냐고, 서리가 툴툴대는 일은 없을 거다. 기다린 느낌조차 없었을 테니까. 기다리는 것은 서진이었고, 서두르는 것 역시 서진의 문제였다.

서진은 따끈한 보리차를 한 잔 더 마셨다. 순식간에 보온병의 절반을 비웠다. 물을 마시면서 해동기에서 나는 소음에 귀를 기울였다. 물 끓는 소리와 비슷했다. 기계에 문제가 생겨서 나는 소리는 아니겠지. 설명서를 다시 봐도 소리에 대한 언급은 없었다. 보글보글 끓는 소리는 멈추지 않고 쭉 이어졌다.

서진은 의식이 몽롱해졌다. 이렇게 긴장되는 상황에서 잠이 온다는 게 믿기지 않지만 눈꺼풀이 저절로 가라앉았다. 그러다 바닥으로 고꾸라졌다. 서진은 떨어진 편지를 주우며 몸을 일으켰다. '추신'이라 적힌 구절이 눈에 들어왔다.

추신. 언니, 올 때 먹을 것 좀 싸 와. 구운 빵이랑 쿠키도 가져다줄 수 있어? 그럼 조금 늦게 와도 괜찮아. 빵은 네 개 챙겨 와. 혜성이도 줘야 하니까. 옥수수 수프도 가져와.

서진은 간식 봉투를 열어 보며 서리의 불퉁한 투덜거림이 떠올라 피식 웃음이 났다. 빵을 챙기긴 했다. 구워 올 여유까진 없어서 냉동된 빵 두 개를 데웠을 뿐이지만. 이것도 특별한 날에 먹으려고 아껴둔 것이다. 쿠키는 만드는 법을 몰랐고 기성품도 없었다. 옥수수 수프는 인스턴트를 데워 보온병에 담았다.

식품 저장고에는 고기와 생선을 비롯한 온갖 식량이 있었다. 소비 기한이 짧은 것들은 양이 많지 않아 자매는 평소 에너지바와 영양제로 끼니를 해결했다. 에너지바만 먹어도 힘이 달리진 않았지만 포만감이 없었다. 심리적 허기가 찾아올 때 둘은 따끈한 음식, 싱싱한 채소를 나눠 먹었다.

갈증과 피로가 가시자 서진은 배가 고팠다. 준비한 빵 두 덩이 중 하나를 허겁지겁 뜯어 입에 넣었다. 부스러기까지 싹 먹고는 봉투의 입구를 다시 끈으로 단단하게 묶었다. 그 남자애의 몫은 부러 챙겨오지 않았다. 그 애는 계속 얼어 있을 테니까. 남은 빵 하나는 서리의 몫이었다.

끓는 소리가 잠잠해지며 완전히 멈추었다. 텐트에 고요가 흘렀다. 남은 시간은 3시간 27분. 서리를 만날 순간이 이제 얼마 남지 않았다. 서진은 타월과 약수 한 병, 슈트와 헬멧을 꺼내 줄을 맞추어 뒀다. 그리고 편안한 옷에서 다시 슈트로 갈아입었다.

'제발 문제없이 깨어나게 해 주세요.'

신을 믿지 않는 서진은 간절히 기도했다. 숨이 잘 쉬어지지 않았다.

❄

〈1분 뒤 해동이 완료됩니다.〉

음성 안내와 함께 1분 뒤 종료 기계음이 났고, 매트가 부풀었다 푹 꺼지며 둔중한 소리가 울렸다. 서진은 서리가 문제없이 잘 깨어나리라는 근거 없는 예감이 들었다. 집으로 돌아가면 서리가 바라는 따끈한 빵과 쿠키를 같이 만들어 봐야겠다고 다짐했다. 앞으로는 잔소리하지 않고 원하는 것을 하게끔 놔둘 것이다.

'어? 그런데 발이 왜 이렇게 크지?'

바닥과 매트 사이로 삐져나온 발이 몹시 낯설었다. 서진은 온몸에 전기가 오르는 기분이었다. 매트를 걷자 처음 보는 남자애가 누워 있었다.

'얘는 누구야? 내가 뭘 녹인 거지?'

서진은 그대로 굳은 채로 그럼 서리는 어디에 있지? 여기 벗어져 있던 슈트는 뭐야? 온갖 의문이 떠올랐지만 어느 하나도 답을 알 수 없었다. 이 애는 알고 있을까.

$$2$$

　서진은 텐트를 즉시 걷고 자리를 뜨고 싶었다. 남자애가 의식을 찾기 전에 움직인다면 이 애는 지금 일을 꿈 정도로 여기고 다시 얼음 속으로 돌아가 긴 잠을 이어 갈 터였다. 하지만 그러면 안 됐다. 지금 바로 다시 얼게 되면 큰 손상을 입는 것으로 안다. 깨지 않는 긴 잠, 아마 죽은 채로 얼게 될 거였다.

　해동된 남자애는 움직임이 없었다. 해동기에서 그 애를 깨우려는 듯 시끄러운 알람이 계속해서 울려 댔다. 이 소음이 완벽하게 잘 녹는 데 필요한 단계일 수 있어서 전원을 끄지 않고 뒀다.

　왜 반응이 없지? 몸에 문제가 생겼나? 장기가 손상되거나 뇌 어딘가 고장이 났다면? 생활하기 불편한 정도라면 감수해야

34　녹일 수 있다면

하겠지만 치명적이라면 한 달 뒤 다시 어는 편이 현명한 선택이었다. 최소 한 달은 버틸 수 있어야 할 텐데.

서진은 약수를 손에 쥐고 남자애의 뒤통수를 쳐다봤다. 이윽고 그 애가 끙 신음을 뱉더니 고개를 돌려 서진을 보았다. 아주 오랜만에 서리가 아닌 움직이는 다른 존재를 보는 게 무척 생소했다. 반갑다는 감정이 들어 서진은 당황했다. 서리가 지금 어디에 있는지도 알 수 없는데 반가움이라니.

"괜찮니? 이 물부터 마셔."

서진의 목소리가 갈라져 나왔다. 서진이야말로 물이 필요했다.

남자애는 순순히 약수 한 병을 받아 말끔히 비웠다. 극저온 상태에서 몸의 세포가 파괴되지 않게 해 주는 물이라 했다. 해동 즉시 이 약수를 마시면, 한 달 뒤 다시 몸이 냉동돼도 안전하게 얼 수 있다고. 마시지 않을 경우는 최소 1년은 생활한 뒤 어는 편이 좋고.

아이는 목이 탔는지 텅 빈 물병을 입안에 털어 넣었다. 그러더니 서진을 보고 한껏 인상을 찌푸렸다. 시력에 문제가 생긴 게 아니길 빌었다.

"나 보여? 내 목소리 들려?"

아이가 고개를 끄덕였다.

"누나, 뭔가 반짝여서 눈이 부셔요."

서진은 입을 꾹 다물었다. 조명에 금니가 반사된 모양이다. 서리와 둘만 있을 때는 금으로 씌운 치아를 까맣게 잊곤 했다.

"그런데 너 나 알아? 왜 누나라고 불러?"

서진은 손으로 입을 가리고 물었다. 남자애는 서진을 스스럼없이 누나라 부르고 있었다. 단순히 붙임성이 좋아서는 아닌 것 같았다.

"저 서리 친구 혜성이에요. 누나 얘기 많이 들었어요. 본 적도 있고요."

서진은 동생의 이름을 듣자 눈물이 왈칵 솟았다.

'태서리, 너 무슨 일을 꾸미고 있는 거야!'

지금 상황이 실수나 우연이 아닌 서리의 계획임은 알겠다. 무사히 집에 돌아오는 일까지 계획에 있긴 하겠지.

"걸을 수 있어? 여기 계속 있을 순 없어. 일단 우리 집으로 가야 해."

혜성은 바닥에서 몸을 일으키더니 팔다리를 이리저리 움직여 봤다.

"근육이 좀 빠진 것 같은데. 괜찮은 것 같아요. 근데 이게 어떻게 된 일이에요?"

글쎄, 이게 다 무슨 일일까? 무슨 얘기부터 해 주는 게 좋을까.

"저도 이거 입어요? 해녀복 같은데 우리 수영해야 해요?"

서진은 순간 당황했다. 챙겨 온 슈트는 서리의 사이즈뿐이었으니까. 하지만 혜성이 바닥에서 집어 올린 슈트와 그 옆에 놓인 신발은 혜성의 사이즈였다. 서리가 이토록 계획적일 줄이야. 그래서 다음은 무슨 일을 준비해 뒀을까. 서진이 혜성과 함께 집으로 돌아가길 바랐을까? 머리가 지끈거렸고, 두통약을 챙겨 오지 않은 게 후회되었다.

혜성은 슈트의 지퍼를 열더니 옷을 입은 채로 발을 집어넣었다.

"그렇게 입으면 안 돼. 다 벗고 입어야 해."

서진은 옷 입는 법을 알려 주었다. 기술이 필요한 건 아니고 속옷까지 다 벗은 뒤 슈트를 입어야 했다. 그리고 헬멧을 쓰고, 신발을 신으면 끝이었다.

"난 여기 서 있을게. 천천히 입어."

서진은 텐트 끝으로 가서 등을 돌린 채 섰다. 슈트는 탄성이 매우 강해서 입을 때마다 안간힘을 써야 했다. 컨디션이 별로인 날은 누구 도움 없이는 혼자 입기 힘들 정도였다. 혜성이 옷을 입느라 끙끙대는 소리가 들려왔다. 서진은 모르는 남자애를 도울 엄두는 나지 않아 가만있었다.

"출발하기 전에 알아 둘 게 있어. 난 원래 널 녹이려는 게 아니었어. 서리인 줄 알고 잘못 녹였지. 집에 가서 다시 설명하겠지만 난 서리 외에 그 누구도 녹일 생각이 없어. 그러니까 앞으로 네 엄마나 아빠, 형제나 자매, 친구…… 그 누구도 녹여 줄 수 없어. 만약 도저히 혼자서 살지 못하겠다면 네가 할 수 있는 일은 딱 하나야."

"그게 뭔데요? 저 옷 다 입었어요."

"다시 얼면 돼. 한 달 뒤에."

서진은 혜성을 똑바로 보며 말했다. 혜성이 고개를 끄덕였지만 그렇게 하겠다는 약속이라기에는 애매한 반응이었다.

"여기서 우리 집까지 꽤 멀어. 그런데 여기 남아서는 생존할 수 없으니까 무조건 가야 해. 어때? 걸을 수 있어?"

"걸을 수 있어요. 그런데 여기서 서리 집까지 가까울 텐데. 저 어딘지 알아요."

"밖이 다 얼어서 네가 알던 세상과는 다를 거야. 아주 멀고 길도 험해. 너 정말 걸을 수 있어?"

"그럼요. 걱정하지 마세요."

"텐트 밖으로 나가 보면 알 거야. 지금 지구가 통째로 얼어붙었어. 집까지 가는 길이 생각보다 힘들 거야."

서진은 눈앞에 서리가 아닌 다른 애가 나타난 순간 정신이 나가 버려서 같은 말을 하고 또 하고 있다는 것을 몰랐다.

"다른 방법 없죠? 그럼 가야죠. 그래도 제가 운동하는 애인데 할 수 있어요."

여기 남을 수 없다는 것을 혜성은 이해한다 했다. 텐트 안은 안전했지만 식량도 물도 얼마 못 가 바닥날 거였다.

서진은 튜브에 짐들을 챙겨 넣었다. 혜성은 튜브가 신기한지 가까이 다가와서는 눈을 떼지 못하고 쳐다봤다.

"만져 봐도 돼요? 그런데 지금 미래 사회예요? 우리 언 지 몇백 년 지난 거 아니죠?"

그럴 리가. 지구가 언 지 6개월이 지났고, 해가 한 번 바뀌었다. 서진은 튜브에 도서관 위치를 입력하고, '아주 천천히'로 속도를 지정했다. 집까지 한 번에 가긴 무리일 것 같았다. 중간 지점까지 튜브를 움직이고, 거기서 짧게 쉰 다음 다시 걷기로 했다. 시간이 걸려도 천천히 안전하게 가는 게 낫다. 서리를 그만큼 늦게 찾게 되겠지만.

서진이 보기에도 혜성은 멀쩡했다. 그럼 해동기가 언 인간들을 안전하게 녹인다는 것을 믿어도 좋을까. 그렇다 한들 녹이고 싶은 마음이 들지는 않겠지만.

'지하에 방을 하나 줘야겠지? 이제 얘랑 서리랑 나랑 평생 같이 살아야 하나?'

심란해진 서진은 눈앞의 한 걸음만 생각하기로 했다. 먼 미래까지 그리다가는 막막함에 주저앉고 말 테니까. 서리를 찾기 전에 무너져선 안 되었다.

텐트를 철수하고, 달라진 세상을 눈으로 확인한 혜성은 믿기 힘든지 끊임없이 사방을 두리번댔다.

"출발하자. 날 따라와."

혜성은 한 번씩 휘청댔지만 운동하는 애답게 우려보다 잘 걸었다.

"땅이 아니라 허공을 밟는 느낌이에요. 혹시 지구 중력이 약해졌나요?"

헬멧 너머로 혜성의 당황한 목소리가 들려왔다.

"네 발 말고 튜브를 쳐다봐. 나를 보거나. 그럼 더 나을 거야."

서리가 아닌 처음 보는 남자애와 집으로 돌아갈 줄이야. 이 기막힌 심경을 나눌 사람이 하나도 없다는 생각이 들자 서진은 외로워졌다.

둘은 걷는 내내 별다른 말을 하지 않았다. 중간 지점에 이르러 튜브가 멈췄을 때도 쉬는 대신 이어 걷기로 했다. 그렇게 세 시간을 넘게 걸은 끝에 마침내 저 멀리 익숙한 초록 문이 눈에 들어왔다. 서진은 서리 대신 혜성이 녹았을 때도 나오지 않던 눈물이 터졌다. 혜성이 울음소리를 다 듣겠지만 멈출 수 없었다. 집을 보자 서리가 없다는 사실이 끔찍하게 와 닿았다. 어쩌면 영영 만나지 못할 수 있다는 공포도.

❄

실내로 들어선 서진이 헬멧과 신발을 벗자 혜성이 그대로 따라 했다.

"여기가 우리 집이야. 뭐 필요한 게 있으면 나한테 말해."

"서리 집은 처음 와 봐요. 그런데 서리는 어디에 있을까요?"

서진은 자신 말고도 서리의 행방이 궁금한 사람이 있다는 게 위로가 되었다.

"밖에 있겠지. 난 서리를 찾으러 다시 나갈 거고."

혜성은 짧게 "아!" 하고 탄식했지만 놀라는 눈치는 아니었다.

"먹을 거 좀 있어요? 배 채우고 저도 같이 나갈게요."

"지하에 식당이 있어. 내려가자."

서진은 혜성을 이끌고 지하로 갔다. 같이 나가겠다는 말에는 답하지 않았다. 그건 서진의 일이었으니까. 지하로 향하는 창살은 늘 그렇듯 활짝 열어 뒀다. 하지만 앞으로는 자매만 사는 공간이 아니니까 문단속이 필요하겠지.

계단을 반 층쯤 내려가 좁은 복도를 따라 걸으면, 철문이 하나 나왔다. 그 문을 열면 탁 트인 광장 같은 공간이 있었다.

"우아! 여기 거기 아니에요? 복합 쇼핑몰 들어오기로 했는데 공사 중단됐다던."

서진도 처음 이 공간을 보고는 혜성처럼 반응했었다. 놀랄 수밖에 없는 규모와 시설이었다.

"앞으로 지낼 공간을 따로 줄게. 위에 우리 집은 좁기도 하고, 서리랑 나랑 둘이 사는 곳이야."

서진은 주거 공간이 모인 복도로 혜성을 데려갔다. 닫혀 있던 수많은 빈 방들 가운데, 두 명이 지내기엔 좁고 한 명이 지내기에는 쾌적한 넓이의 방을 골랐다. 침대, 옷장, 책상, 작은 화장실이 갖춰져 있었다.

"슈트 벗고 편안한 옷으로 갈아입어. 그 슈트는 앞으로 네 것이니까 잘 보관해 두고. 저쪽으로 가면 편하게 입을 수 있는 옷들이 있어. 사이즈 맞게 알아서 골라 입어."

"왜 이런 게 여기 있어요?"

서진은 인상을 찌푸렸다. 질문이 폭설처럼 쏟아질 참이었다. 당연히 궁금한 게 많겠지. 온 세상이 갑자기 차가워지면서 생물도 무생물도 다 얼어붙었다. 그런데 작고 볼품없는 집 지하에 의식주를 완벽하게 해결할 수 있는 이런 엄청난 공간이 있으니까.

"오늘은 묻지 마. 앞으로 시간 많으니까 차차 알려 줄게."

서진이 궁금한 것은 오직 서리의 안부뿐이었고, 머릿속은 온갖 불길한 가정으로 꽉 차 있었다. 하지만 너무 차갑게 쏘아 붙였을까. 혜성이 눈에 띄게 시무룩해졌다.

"배부터 채우자. 그리고 나도 잘 몰라. 안다고 해도 지구를 녹일 순 없을 거고."

서진은 방금보다는 부드럽게 말하려 애쓰며 혜성과 함께 식재료 저장고로 움직였다. 지문 인식으로 저장고의 문부터 열었다. 저장고 왼쪽 구석에 냉장고가 있었다. 측면에 오른손을 가만 대자 잠금 장치가 해제되었다. 잔치를 벌일 날은 아니지만 막 해동된 사람은 잘 먹을 필요가 있을 것 같았다. 소고기 200그램을 꺼내고, 온실로 가 당근과 방울토마토, 감자를 챙겼다. 온실 천장에서 식물에게 필요한 빛이 내리쬐고 있었다. 서진과 서리는 기분이 한없이 가라앉을 때면 여기 쪼그리고 앉아 빛을 얻어 쪼곤 했다.

"야채도 먹을 수 있어요? 여긴 로봇들이 운영해요? 아, 방금 질문한 거 아니에요. 혼잣말이에요."

혜성은 단순한 편인지 그새 기분이 나아진 듯 보였다. 함께 지내기에 피곤한 유형은 아닌 듯해 다행이다 싶었다.

식당에서 조리 외에 식사를 하긴 처음이었다. 식사는 언제나 위층 주방의 좁은 식탁에서나 방에서 했다. 지하 식당은 지나치게 넓어서 둘이 앉아서 뭘 먹기에는 안정감이 없었다.

"식사 준비할 동안 옷 갈아입고 와."

서진은 일상복이 있는 곳의 위치를 알려 주고 식당으로 다시 돌아와 팬을 인덕션에 올렸다. 팬 위로 손을 올려 달궈진 것을 확인했다. 금세 따뜻해진 팬에 버터를 녹여 당근을 굽고, 토마토를 익혔다. 감자는 따로 삶아 준비했다. 고기를 다 구울 때쯤 옷을 갈아입은 혜성이 식당으로 돌아왔다. 이걸로는 부족할 것 같아서 즉석 밥 하나를 렌지에 돌렸다.

접시 두 개를 꺼내서 익힌 감자와 당근을 나눠 올렸다. 먹을 기분이 아닌 서진은 자기 접시에는 감자 두 조각, 방울토마토 세 알을 올렸다. 음식을 차리는 동안 혜성의 뱃속에서 꼬르륵 소리가 요란하게 울렸다. 그런데 막상 차려 준 음식은 의욕적으로 먹지 않았다.

"억지로 안 먹어도 돼. 그만 먹어."

사실 억지로라도 먹어야 했다. 에너지바나 영양제와 달리 고기는 평생 먹을 만큼 많지 않았다. 이런 음식들은 서진과 서리도 자주 먹지 못했다.

혜성은 눈치를 보며 포크를 내려놓았다.

"저 그럼 조금 자도 돼요? 이상하게 잠이 쏟아져서."

여기까지 오는 데 체력 소모가 컸으니까 이상한 일은 아니었다. 서진도 잠이 쏟아지고 있었으니까. 손가락 하나 움직이기 힘들 만큼 피로했다. 눈을 감으면 그대로 기절해서 잘 수 있을 것 같았다.

"제가 이따가 설거지할게요."

혜성은 식기를 그대로 두고 꾸벅 인사를 하며 식당을 벗어났다. 서진은 먹고 나서 바로 치우는 편이지만 지금은 그럴 기력이 전혀 없어 달달한 커피를 한 잔 타서 위층으로 올라갔다.

거실 소파에 누워 할머니가 쓰던 담요를 머리끝까지 덮었다. 최근 서진은 겨울잠에 들어간 곰처럼 온종일 잤다. 서리가 이 모습을 싫어하는 것은 알고 있었다. 비정상적으로 많이 자는 서진을 보며 서리는 언니가 병 든 건 아닌지 두려워했다. 그렇다고 이런 일을 벌이다니!

서리의 목적은 무엇일까? 혜성이라는 애를 녹이게끔 만들고, 본인은 어디로 사라진 것일까? 너무 무료하고 심심해서 위험한 모험이라도 시작한 걸까. 서진은 서리의 행적을 추리하다가 담요를 확 걸었다. 한 모금도 대지 않은 커피가 테이블에서 엎어졌다. 서진은 닦지도 않고 그대로 지하로 뛰어 내려갔다. '튜브 1'에 무얼 얼마나 챙겼는지 알 수 있다면 서리가 어디로 갔는지는 몰라도 얼마나 떠나 있을 작정이었는지는 짐작할 수 있었다. 왜 진작 이 생각을 못 했지? 얼어붙은 뇌가 쩍 갈라지는 기분이었다.

서진은 복도를 뛰다가 혜성이 머무는 방 앞에서 잠시 멈춰 섰다. 혜성이 단순히 졸린 것인지 몸이 아픈 데가 있는지 확인해 보고 싶었다. 그렇지만 닫힌 문을 열긴 주저돼서 우선 그냥 가기로 했다. 이전까지는 서진과 서리가 못 갈 데가 없었는데 이제는 함부로 드나들면 안 되는 타인의 구역이란 게 생겨났다. 저 공간만큼은 혜성의 것이었다. 혜성이 그렇게 느낄지는 모를 일이지만.

서진은 조심스레 발소리를 죽이며 튜브와 다른 기기들이 보관된 창고로 갔다. 비행기 몇 대는 보관해도 될 정도로 아주 큰 곳이었다. 서진은 벽을 더듬어 전등 스위치를 켰다. 불이 들어

와도 실내가 너무 커서 그런지 아주 밝아지진 않았다.

튜브는 바닥부터 천장까지 각 맞추어 정리돼 있었다. 정확하게 500대였다. 개수를 센 건 물론 서리였다. 서리는 벽에 달린 버튼을 누르면 사다리를 작동시킬 수 있다는 것도 알려 줬다. 사다리를 타고 아주 아찔한 높이까지 올라가서 마지막 튜브의 번호를 큰 소리로 외쳤었다.

"전부 500개야. 언니, 이건 말이지 적어도 우리가 500명은 녹여도 된다는 뜻 아닐까? 우리 둘이 사는데 이렇게 많은 튜브가 필요하진 않잖아!"

서리는 지하 공간의 물건들을 확인할 때마다 녹일 수 있는 사람들의 수를 제멋대로 가늠했다. 그때마다 서진은 말도 안 된다고 딱 잘라 부정하면서도 의아하긴 했다. 둘만 지내기에는 다양한 것들이 너무 많은 양으로 갖춰져 있었다. 하지만 그게 당장 사람들을 녹이라는 의미일 리 없었다. 서진은 이 물자들이 먼 미래를 대비한, 그러니까 지구가 녹았을 때나 행성 이주 시 필요한 것일 거라고 짐작했다. 그 생각은 지금도 변함없었다.

서진은 바닥면에 놓인 튜브부터 꼼꼼하게 훑었다. '튜브 1'과 '튜브 2'는 비어 있는 게 맞고. 60번부터는 까치발을 들어도 잘 보이지 않았다. 높은 곳을 오르기 겁났지만 서진은 사다리를 작동시켰다. 한 칸씩 위로, 높이 오를 때마다 입술을 꽉 깨물었다. 몰랐는데 고소공포증이 있는 것 같았다.

'튜브 77'이 없었다. 서리는 확실히 아빠를 닮았다. 만약을 대비해 튜브를 더 챙기다니, 타고난 모험가였다. 서진은 더는 빈 튜브가 없길 바라며 500번까지 다 확인하기로 했다.

'튜브 377'이 없었다. 숫자 '7'이 들어간 튜브만 일부러 가져 갔나? 서진을 속이려고 시선이 닿지 않은 높은 곳에 있는 튜브 만 골라 챙기다니. 이 높은 데서 어떻게 튜브를 아래로 내렸는 지 궁금했다. 마지막 '튜브 500'을 손으로 밀어 봤지만 꼼짝도 안 했다. 튜브를 더듬거려서 전원 버튼을 찾아 지문을 인식시 키자 튜브 500이 부드럽게 진동했다. 서진은 튜브에 연결된 끈 을 손에 감아쥐고, 사다리를 천천히 밟아 내려왔다. 바위처럼 꿈쩍도 않던 튜브가 헬륨 풍선처럼 둥둥 떠 가볍게 따라왔다.

1, 77, 377 사라진 튜브 세 대. 서리의 외출이 짧지 않을 거라 는 사실은 알겠다. 서진은 다른 장비도 마저 확인해 보기로 했다.

텐트 두 개, 슈트 여러 벌, 한 달 이상 버틸 수 있는 생수, 약 수, 에너지바 한 박스, 사탕 다량이 없어졌다. 왜 이걸 이제 알 았지. 사라진 물건을 확인할 때마다 정신이 아득해졌다. 제일 두려운 것은 서진만 작동시킬 수 있는 해동기 스무 대 중 두 대 가 사라졌다는 점이다. 사라진 물건이 입을 모아 얘기하고 있 었다.

"사람들을 녹여서 집으로 데려올게. 시간이 좀 걸릴 거야."라고.

서진은 제멋대로 사라지는 사람들에게 진절머리가 났다. 가족이라 할 수 있나 싶을 정도로 떨어져 산 시간이 더 많은 등반가 아빠, 병으로 일찍 죽어 곁을 떠난 엄마, 행성 이주를 준비한다며 손녀들만 남기고 떠난 할머니. 다들 서진에게 무슨 일이 생기든 말든 홀쩍 집을 떠났다.

서진은 집에 가만 앉아 할머니를 기다리듯 서리를 기다릴 순 없었다. 빠른 시간 내 외출 준비를 갖춰 다시 나가기로 했다. 그 준비 중 하나는 해동기를 작동시킬 수 있는 사람이 정말 자신뿐인지 한 번 더 확인하는 것도 포함됐다. 서리가 작동 방법을 알아냈다면 문제가 복잡해진다.

서진이 받아들일 수 있는 상황은 서리가 음료수와 젤리 같은 것을 한가득 챙겨 오려고 대형 마트를 방문하는 정도였다. 하지만 마트에 가면서 해동기와 여분의 슈트까지 챙기는 것은 과했다.

서리는 자신이 해동기를 쓸 수 없다는 사실에 크게 실망했었다. 할머니는 왜 언니만 기계를 쓸 수 있게 하고, 자기는 못하게 차별하는지 이해할 수 없다며 틈만 나면 툴툴댔다. 서진은 할머니가 왜 그랬는지 알았다. 서진이 언니라서 다르게 대한 게 아니었다. 서리에게 해동기 작동 권한이 있었다면 지금쯤 이 지하 공간은 인파로 북적였겠지. 그리고 매일같이 사고가 터졌을 거다. 서진과 서리는 높은 확률로 이미 목숨을 잃었을지 모른다. 자매의 시체는 집 밖으로 던져져 얼음 동상이 됐겠지. 서리에게도 이런 시나리오를 얘기한 적이 있었다.

"언니는 너무 비관적이야."

서리는 인상을 쓰며, 해동기와 지하 공간의 관리자를 해친다면 결국 스스로를 죽이는 일과 마찬가지라 절대 일어날 수 없는 일이라고 말했다. 과연 그럴까……. 사람들이 스스로를 죽이거나 망가뜨리는 일은 절대 하지 않을까? 그렇다면 지구가 망가진 것은 어떻게 설명되는데? 땅과 바다는 오염되고, 기온은 계속해서 올랐다. 끊임없이 불이 나고, 지진이 나고, 도시는 물에 잠겼다. 사람들은 잘못될 줄 알아도 행동을 고치지 않았다. 그렇지만 서진은 서리가 세상을 낙관적으로 보는 게 좋아서 더는 말하지 않았다.

몇 번을 읽어 봐도 해동기 관리자를 추가하는 법은 설명서에 없었다. 하지만 서진은 서리가 작동 방법을 알아냈다고 가정하기로 했다. 지금 어딘가에서 누군가를 녹이고 있을 서리의 모습을 상상하면 악당이 따로 없었다.

"서두를 거 없어. 침착하게 준비해서 떠나야지."

서진은 입술을 뜯으며 혼잣말을 했다.

'서리는 누구를 녹이고 싶을까? 녹이길 바랐던 혜성이 이미 녹아 여기 있는데. 또 누가 있는 걸까? 한 번이라도 언급했던 사람이 있었나. 그게 아니면 정말 아무나 녹이려는 거야?'

서진과 서리는 일어날 수 있는 나쁜 상황들에 대해서 이야기한 적이 있다. 둘은 시간이 아주 많아서 벌어질 수 있는 일들에 대해 자주 얘기했다.

냉동 인간을 해동했는데 바로 죽는다면 살인일까.

녹였는데 죽어 있다면, 처음부터 시체를 해동했을 가능성과 그걸 미리 알 수 있는 방법이 있을까?

살인범이나 사이코패스를 녹일 경우 벌어질 일은?

그럴 때마다 서리는 그들은 없던 사람들이 아니고 이미 함께 살아 왔는데, 새삼스레 위험할 게 뭐냐고 태평하게 말했다. 만약 위험하다면 다시 얼려 버리면 그만이라고도 말했다. 서진에겐 그 말이 몹시 무모하게 들렸다. 얼어 달라고 요구하면 상대가 순순히 다시 얼어 줄까.

서진은 이번 외출에 튜브를 최소 열 대는 챙기기로 했다. 서리를 찾기 전에는 집으로 돌아오지 않을 작정이었다. 최대 한 달은 나가 지낼 수 있게 짐을 싸기로 했다. 문제는 혜성이었다. 같이 나가는 것도 집에 두는 것도 내키지 않았다. 집에 남긴다면 온실과 튜브와 해동기가 있는 기기 창고 등은 잠가야겠고, 여기서 혼자 지낼 수 있게 몇 가지 안내도 해야 했다. 설명은 한 시간이면 충분할 거다. 끼니로는 에너지바를 줄 거고, 진료 공간은 잠그더라도 비상약은 줘야 했다. 운동 시설과 책이 있는 곳은 열어 두기로 했다. 여기서 혼자 오래 지내다 보면 세상이 다 끝났다는 생각이 엄습할 테고, 모조리 파괴하고 싶은 충동에 사로잡혀 사고를 칠 테니까. 태블릿 PC를 하나 주기로 했다. 무료한 시간을 견디는 데 이만한 게 없었다.

서진은 분주하게 움직이며 튜브 열 대를 꺼내서 튜브 하나에 3일치 물품을 담기로 했다. 에너지바, 생수, 간식, 신발, 편안한 일상복 등을 넣었다. 튜브 열 대에 똑같은 것을 반복해 채워 넣었다. 다 채운 뒤 서진은 세 대를 더 추가하기로 했다. 거기에는 해동기를 한 대 씩, 슈트와 텐트를 사이즈별로 넉넉하게 집어넣었다. 짐을 다 싸고 나니 세 시간이 훌쩍 지나 있었다.

극심한 허기가 몰려왔다. 뭔가 먹어 둬야 내일 여정도 가능할 거였다. 한동안 에너지바만 먹어야 한다 생각하니 없던 식욕이 생겨났다. 서진은 땀을 훔치며, 식당으로 향했다.

냉동 닭 가슴살 하나를 렌지에 데우고, 당근, 파, 가지를 준비했다. 큰 접시에 익힌 음식을 한데 담았다. 남기지 않고 다 먹어야지 다짐하고 당근부터 입에 넣었다. 지구가 얼기 전에는 입에 대지도 않던 음식이었는데 지금은 가장 좋아하는 채소가 됐다. 색, 맛, 향, 식감까지 다 마음에 쏙 들었다. 세상이 얼지 않았다면 당근의 진가는 영영 몰랐겠지. 서진은 꼭꼭 씹어 맛을 음미하다 혀를 깨물었다.

"악!"

비명은 인기척 때문에 나온 것이었다. 혜성이 식당 문 밖에서 쭈뼛거리고 서 있었다.

"누나, 미안해요. 놀랄 줄 몰랐어요. 설거지하러 온 건데."

서진은 어쩔 줄 몰라 하는 혜성에게 미안해졌다.

"서리랑 둘만 지내다 보니 사람이 있는 게 익숙하지 않아서 그래. 좀 잤니?"

푹 잤는지 혜성은 한층 밝았고 힘이 넘쳐 보였다. 판단하긴 일러도 해동이 무사히 잘 이뤄진 듯해 안심됐다.

"누나, 혹시 저도 먹을 거 있어요?"

서진은 혜성이 아까 손대지 않은 스테이크를 냉동해 두었다. 서진은 혜성을 맞은편에 앉게 하고, 스테이크를 데웠다. 자신의 접시에서 익힌 채소의 절반을 덜어 주었다.

"늘 이렇게 먹진 않아. 주로 에너지바랑 영양제를 먹어. 이런 음식은 특별한 날에나 먹고."

"오늘 특별해요?"

"얼음 인간이 최초로 해동된 날이니 특별하긴 하지. 내 의도는 아니지만."

배가 채워지니까 가라앉은 감정이 함께 힘을 받았다. 서진은 더 빈정거리지 않으려고 입술을 꽉 물었다. 혜성이 녹은 게 그 애의 잘못은 아니었다. 잘못이 있다면 서리와 서진에게 있었다.

혜성은 말없이 고개를 푹 숙였다. 둘은 대화 없이 자기 몫의 음식을 빠르게 비웠다. 씹고 삼키는 소리, 식기 부딪치는 소리만이 적막한 식당을 채웠다.

"누나, 저도 같이 갈게요."

"어디를 가?"

"서리 녹이러 갈 거잖아요."

"나라면 여기 있겠어. 밖은 네 생각보다 위험해."

"그거야 제가 더 잘 알지 않을까요? 이제껏 밖에 있었는데."

혜성은 그렇게 말하고 제 말이 웃긴지 소리 내어 웃었다. 그러니까 농담을 던진 거였다. 서리 말고 다른 사람이 농담하고 웃는 모습은 참 오랜만이었다.

"나 궁금한 게 있어. 언 상태에서 의식이 있니?"

"의식이요? 아……. 뭘 느끼거나 생각하느냐는 거죠?"

바로 답하기 어려운 질문이 아닌데도 혜성은 곰곰 생각하고는 그렇진 않는 것 같다고 말했다.

"얼기 바로 직전에 온몸이 찢어지는 것 같은 고통이 있고 곧 정신을 잃었어요. 깨어 보니 눈앞에 누나가 있었고요. 6개월이 흐른 줄은 꿈에도 몰랐죠."

"다행이네."

서진은 그 말에 안심했지만 혜성은 숨기는 게 있어 보였다. 생각과 감정이 투명하게 드러나는 유형이었다. 숨기는 이유는 모르겠지만 언 상태에서 의식이 전혀 없다는 말은 거짓일 수도 있었다.

"저랑 가요. 혼자보다는 나을 거예요."

"다칠 수도 있어. 잘못하면 죽을 수도 있고."

"제가 간다고 나선 거니까 무슨 일이 생겨도 원망하지 않을게요. 짐이 되지도 않을 거고요. 저도 서리가 걱정돼서 그래요. 그리고 여기 혼자 무기력하게 남아서 기다리고 싶지 않아요."

"그래. 그럼 같이 가든지."

서진도 혜성을 집에 두는 게 걸리긴 했다. 집에 문제가 생기면 자매의 앞날 역시 위태로워질 테니까. 물론 혜성이 사고를 칠 유형으로 보이진 않지만 그런 직감은 믿지 않는 편이 현명했다.

튜브마다 여유 공간이 넉넉해서 혜성의 짐을 더 챙겨 넣었다. 짐을 싸며 튜브며 해동기가 무엇인지를 혜성에게 간단히 설명해 주었다. 듣는 표정에 의문이 가득했는데 대략 짐작이 갔다. '지구가 이렇게 될 줄 미리 알았지' 하고 의심하겠지. 서진, 서리도 같은 생각을 했으니까. 하지만 혜성은 묻지 않고 가만 듣고만 있었다.

"알고 있을 것 같지만 우리 할머니는 외계 생명체를 연구하는 우주생물학자야. 유튜브에서 한때 미친 노인네로 유명했지. 지구 종말로 사람들 불안감을 자극해 사기를 친다고. 우리는 지구가 얼기 일주일 전에 이 집으로 이사 왔어. 그전까지는 이런 지하 공간이 집과 연결돼 있는 줄 몰랐고. 우리 할머니는 지구가 얼어붙은 바로 다음 날 집을 떠났어."

"그럼 지금 할머니께서 지구를 녹일 방법을 찾고 있는 거죠?"

서진도 그랬으면 좋겠지만 할머니는 지구가 녹을 확률이 희박하다고 말했다. 만약 백 년 내 단시간 안에 녹길 기대한다면 더더욱. 그래도 할 수 있는 것은 다 해 봐야 하고, 작은 희망이라도 놓지 말고 뭐든 해야 한다고 했다. 하지만 그만큼 가능성이 제로라면 할머니는 손녀들 곁을 지키는 게 맞다고 지금도 생각한다.

"정말 그런 게 있어요? 그럼 누나 혹시 외계인이나 UFO 본 적 있어요?"

혜성은 언 세상을 눈으로 직접 봐도 그게 외계 생명체의 짓임은 못 믿는 눈치였다. 누군들 믿을 수 있을까. 믿지 못하는 쪽이 이성적이라고 서진은 생각했다.

처음 외출했을 때 서진은 외계 생명체와 마주칠지 모른다고 생각하며 주위를 경계했다. 하지만 무언가 적어도 눈앞에 형태를 갖추고 등장한 적은 없었다. 서진과 서리 외에는 아무도, 아무것도 없었다.

"정말 갈래? 집에 있는 편이 더 안전하고 좋을 텐데."

혜성이 대답을 바꿀 리 없다는 것을 알면서도 서진은 한 번더 물었다. 물으면서 혜성이 같이 가 주길 바라고 있는 자기 마음을 확인했다.

"언 상태로 반년을 보냈는데 시간을 더 죽일 순 없어요."

시간을 죽이고 있다는 죄책감은 서진과 서리가 자주 느끼는 감정이었다. 그건 얼지 않고 살고 있기 때문에 생기는 느낌이었다.

"넌 앞으로 어떻게 시간을 쓰고 싶은데?"

서진은 혜성을 통해 힌트를 얻고 싶었다. 혜성을 직접 만난 건 처음이지만 누구인지는 들어서 알고 있었다. 서리가 자주 말하던 가장 친한 육상부 친구였으니까. 듣기로 혜성은 최근 (이미 반년이 지나긴 했지만) 기록이 떨어져 진로에 대한 고민이 많다고 했다. 그 고민만큼은 이젠 하지 않아도 좋다. 전속력으로 달릴 일도, 우열을 다툴 경쟁자도 없을 테니까.

"그래서 말인데, 여기 혹시 카메라도 있어요?"

"카메라? CCTV?"

"아니요, 사진 찍는 개인 카메라요."

창고에서 카메라를 본 적 있었다. 그렇지만 이런 백색 세상에서는 무엇을 찍든 다 똑같아서 찍으나 마나일 텐데.

"지금 세상을 영상으로 담아서 지구가 녹은 뒤 팔면 어때요? 사람들은 틀림없이 엄청 궁금해할 거고, 우리는 부자가 될 거예요."

서진은 웃음이 터져 나왔다. 서리와 살면서도 이렇게 웃어 본 적은 없었다. 깨어난 지 얼마 지나지 않아 이런 미래를 야심차

게 꿈꾸다니. 서리가 왜 그토록 혜성을 깨우고 싶어 했는지 이해됐다. 혜성은 서리와 호흡이 잘 맞는 친구였다. 거침없이 앞으로 나아가며, 새로운 모험을 끊임없이 만들어 내는 유형.

혜성과 대화하며 서진은 새로운 사실도 알게 되었다. 서리가 혜성에게 사귀자고 고백하고 그 답을 듣기 위해 놀이터에서 만나기로 한 줄 알았는데 애초에 고백 같은 것은 없었다. 둘은 아주 친한 친구일 뿐이라고 했다. 혜성은 비밀이라면서, 자기는 좋아하는 애가 따로 있다는 말을 굳이 덧붙였다.

"서리가 지구가 다 얼어붙을 거라고 경고했는데, 친구들이 믿지 않아서 서리가 힘들어했어요. 서리 말은 늘 누구에게나 잘 통해서 특별히 놀리거나 괴롭히는 애는 없었지만 서리 딴에는 처음으로 벽에 부딪혔거든요. 전 서리 말을 믿었지만요. 걔는 거짓말할 때는 다 티가 나거든요. 전 믿는다는 것을 보여 주려고 놀이터에 간 거예요."

"믿었다고?"

서리는 서진에 대해 잘 몰랐다. 혜성을 녹이고 싶은 이유를 사랑이 아니라 우정이라고 말했다면 좀 더 이성적으로 설득력 있게 다가왔을 텐데. 꽝꽝 언 지구는 세기의 사랑이나 대단한 우정으로는 조금도 녹진 않겠지만.

혜성이 놀이터로 향했던 그날은 외출하기에 좋은 날이 아니었다. 3일 전부터 눈보라가 심하게 휘몰아쳐 학교는 휴교 중이었다. 그 와중에도 학원들은 쉬지 않고, 오히려 아침 일찍부터 밤까지 성황이었지만.

"너, 세상이 다 얼어붙을 거라는 말을 믿었다고?"

"네. 외계 생명체 얘기는 잘 이해가 안 갔지만. 그래도 서리가 속이려고 하는 말이 아니라는 걸 알았어요."

"그럼 그냥 믿는다고 말하면 되지 굳이 놀이터까지 나갔어?"

"말한 시간에 나와 있으면 나중에 꼭 녹여 주겠다고 약속했거든요."

서진은 지구가 다 얼어붙을 거라는 경고를 그 누구에게도 하지 않았다. 말할 만한 친구가 하나도 없었고, 무엇보다 서진 자신도 이렇게 될 줄은 몰랐다.

서진은 창고에서 카메라를 하나 찾아 혜성에게 건넸다. 혜성은 노래를 흥얼대며 카메라를 능숙하게 이리저리 조작했다. 익숙한 멜로디였다.

"쓸 줄 알아?"

"아니요. 근데 알 것 같아요. 이 카메라 촉감이 튜브 본체랑 똑같네요. 엄청 비싼 기계 같아요."

"난 기계는 잘 몰라. 나랑 같이 나가는 건 좋은데 서리 찾는 일에는 방해 안 되게 해."

혜성은 당연히 그럴 거라고 대답하며 카메라를 품에 안고 자기 방으로 쏙 들어갔다. 오래전부터 여기 살던 사람처럼 자연스러웠다.

혜성이 언 세계를 기록하겠다며 들떠 있고 서리가 얼음 인간을 녹이는 일에 꽂혀 있듯 서진에게도 매달릴 무언가가 있으면 그렇게 종일 자진 않았을 거다. 서진이 바라는 것은 언 세상이 지금 상태에서 더 변하지 않는 일이었다. 현상 유지. 서진에게 '변화'란 늘 더 나쁜 쪽으로 접어드는 일이었으니까.

$$3$$

밤 10시 5분, 둘은 1층 거실 소파에 앉아 지도를 펼쳤다. 서진은 서리가 어디에 있을지 전혀 짐작이 가지 않았다.

"편의점에 갔을지도 몰라요. 서리가 매일 가던 편의점이 있어요. 그게 아니면 서리 라이벌 중에 성희라는 애가 있는데, 그애가 지구가 얼기 일주일 전에 서리를 이겼어요. 그날 서리 컨디션이 별로 안 좋긴 했어요. 원래 한 번도 진 적 없는데. 그 경기가 내내 마음에 남았을 거고 아마 그 친구를 녹여서 다시 겨루고 싶을 거예요. 아니다, 아무리 승부욕이 강해도 그 정도는 아니겠네요. 사실 저도 서리가 어디로 갔을지 잘 모르겠어요."

서진 생각에도 서리가 아무리 철없고 지는 걸 싫어해도 라이벌을 녹였을 것 같진 않았다. 하지만 어디로 가야 좋을지 알 수 없었기에 혜성이 언급한 곳은 다 가 보기로 했다. 서진은 서리가 사라진 뒤에야 동생에 대해 별로 아는 게 없다는 걸 깨달았다. 물론 서리도 서진을 모르긴 마찬가지지만. 서진은 많은 것을 감쪽같이 숨겼다. 학교에서 생긴 폭력의 흔적을 서리는 꿈에도 몰랐다. 온몸이 짓이겨지고 치아가 깨진 그날부터 한동안은 서리를 피해 다녔다. 한 집에 사는데도 신기할 만큼 부딪치지 않았다.

그 애들은 어디 한번 집에 가서 일러 보라고 이죽거렸다. 무슨 일이 벌어지는지 보고 싶다고 했다. 아마 아무 일도 일어나지 않고 조용히 지나가게 될 거라고. 서진 생각에도 그랬다. 기유진과 그 패거리가 누굴 괴롭히는 일이 처음이 아닌데도 이제껏 제지당한 것을 본 적이 없다. 기유진의 아빠가 재력도 권력도 대단한 사람이라는 얘기는 모르는 사람이 없었다.

깨진 치아를 할머니에게까지 숨기긴 어려웠다. 서진의 몰골이 그간의 일어난 모든 일을 설명하고 있었다. 그런데도 할머니는 그 애들의 예상대로 정말로 조용히 지나갔다. 친구 사이에 한 번쯤 일어나는 별 대수롭지 않은 다툼 정도로 여겼다는 뜻은 아니었다. 할머니는 불같이 화를 냈다. 매사 침착한 할머니가 그렇게 화를 내는 것은 처음 봤다. 달려가 당장 그 애들을 죽일 수도 있을 것 같았다. 그런 할머니를 진정시킨 깃은 서진이었다.

할머니는 한껏 격해진 목소리로 "애야, 상황만 다급하지 않으면 그 애들을 그냥 두지 않았을 거다. 그런데 지금은 시간이 정말 없구나. 원한다면 바뀐 세상에서 그 대가를 치르게 할 수도 있단다."라고 말했다. 그날로 서진은 학교를 나가지 않았고, 그것만으로도 살 것 같았다. 자퇴를 한 건 아니어서 학교에서는 계속 연락이 왔는데, 그냥 무시했다. 그때만 해도 서진은 할머니가 무슨 말을 하는지 잘 몰랐다. 그냥 학교에 나가지 않아도 되는 것만으로도 충분했는데 이제는 무슨 뜻으로 그런 말을 했는지 짐작이 갔다.

"누나, 그럼 편의점부터 갈까요? 제가 얼어 있던 놀이터 근처예요."

"그럼 놀이터도 들렀다 가자. 거길 한 번 더 확인하고 싶어. 오늘은 이만 자고, 내일 아침 8시에 여기 거실로 올라와."

"좀 더 빨리 출발하면 안 돼요? 저 일찍 일어날 수 있는데."

"나도 그러고 싶은데 8시 전에는 너무 어두워. 간단히 식사하고, 짐 점검하고 9시에 출발할 거야."

둘은 그렇게 하기로 하고 각자 방으로 흩어졌다. 잠이 올 것 같지 않았는데 어느새 잠들었는지 두 번째로 맞춘 알람에 눈이 떠졌다. 몸을 일으키기 힘들 정도의 근육통이 몰려왔다. 중력이 어느 때보다 세게 느껴졌다. 정말로 지구 중력에 변화가 있나 의심될 만큼.

서진은 혜성이 더 힘들 거라 짐작했다. 출발 시간을 늦춰야할지 모른다 생각하고 방문을 열었다. 혜성이 소파에 앉아 있는 게 보였다. 인기척에 혜성이 고개를 돌려 손을 흔들었다. 컨디션이 서진보다 좋아 보였다.

둘은 따뜻한 오트밀로 배를 채우고, 짐을 한 번 더 점검했다. 각자 슈트로 갈아입고 거울 앞에 나란히 섰다. 서진은 체형이 그대로 드러나는 슈트가 처음으로 민망했다. 타인의 시선이 신경 쓰이긴 간만이었다.

"다른 색 슈트는 없어요?"

혜성의 질문에 서진은 웃음이 삐져나왔다. 서리도 똑같은 말을 했기 때문이다.

"혹시 외계 생명체가 검은색은 인식 못 하나요? 그래서 할머니가 이렇게 잔뜩 검은색 옷, 검은색 튜브만 준비한 거 아니죠?"

"뭐 그런 가설은 처음인데, 그럴 수도 있겠네. 검은색뿐이니까 적응해."

둘은 동시에 헬멧을 썼다. 헬멧 안으로 미세한 바람 소리가 들려왔다.

"원래 이런 소리가 나요?"

"응. 조용해서 신경 쓰이는 거지 밖에 나가면 안 들려. 차가운 공기를 바로 흡입하지 않게 걸러 주는 장치가 있는데 거기서 나는 소리일 거야. 서리 추측이야."

"신기하네요."

"알겠지만 헬멧을 쓴 사람끼리는 서로 대화할 수 있어. 반경 100미터까지는 잘 들리니까 우리는 이동하면서 서리가 근처에 있는지 계속 체크할 거야."

여러 가지 설명과 주의 사항을 전하고 나자 혜성이 집에서부터 일정한 간격으로 튜브를 설치하자고 아이디어를 보탰다. 서진과 혜성이 집을 비운 사이 서리가 돌아올 수 있으니까 혹시 튜브를 잃었거나 하면 이걸 보고 집을 찾을 수도 있다는 의견이었다.

"좋은 생각이네. 그럼 잠깐 기다려. 내가 튜브를 더 챙겨 올게."

서진이 준비한 튜브 외에 열 개를 더 꺼내 왔고, 둘은 비로소 밖으로 나섰다.

"오전 9시 맞아요? 해 아직 안 뜬 거 같은데."

혜성이 해를 찾는 듯 하늘을 두리번댔다. 그런다고 보일 해가 아니었다.

"떠 있어. 그러니까 우리가 서로 보고 있겠지."

간격을 두고 튜브 열 개를 하나씩 설치하면서 길을 걸었다. 열 번째 튜브를 설치했을 때 혜성이 숨을 몰아쉬었다. 헬멧으로 거친 호흡이 쉴 새 없이 들려왔다. 어느덧 1.5킬로미터를 쉼 없이 걸었다.

"조금 쉬었다 갈래?"

서진의 계획에는 없던 휴식이었다. 원래 계획은 혜성이 말한 그 편의점까지 간 다음, 거기서 텐트를 치고 점심을 먹을 생각이었다. 하지만 무리하지 않아야 멀리 갈 수 있다.

"아니요. 괜찮아요. 서리 빨리 찾아야죠. 근데 여기 평지 맞아요? 오르막 아니에요?"

평지이긴 했다. 산은 여기에 없었으니까. 서진은 등반가인 아빠가 같이 있었다면 서리를 찾기 훨씬 수월했을까 따져 봤다. 지구가 얼 거라는 할머니의 말을 믿고 집에 돌아왔다면 어땠을까. 모든 게 얼어붙던 그 순간 자식들 곁을 지키지 않고 떠나 있던 일을 아빠가 후회했을지 궁금했다.

"으악!"

잘 걷던 혜성이 비명을 지르며 걸음을 멈추었다. 뒤에서 걷던 서진은 심장이 내려앉는 기분이었다.

"왜? 무슨 일이야?"

"저 얼음 인간이랑 부딪혔어요."

뛰다가 부딪힌 건 아니었기에 다행히 얼음 인간은 박살 나지 않았다. 하지만 가벼운 충돌만으로도 어디 한 군데가 깨질 수 있었다. 얼음 인간에게는 몹시 불운한 일이겠지. 혜성은 너무 놀라 다리에 힘이 풀렸는지 그대로 바닥에 주저앉았다. 서진은 혜성이 코앞의 얼음 인간에게 감정을 한껏 이입하고 있단 걸 알아차렸다.

서진은 혜성을 일으켜 세웠다.

"누나, 이 사람 누군지 알아요?"

"어떻게 알겠어. 얼굴이 하나도 안 보이는데. 물론 보여도 내가 모르는 사람이겠지만."

그렇게 말한 서진은 순간 서리가 떠올랐다. 이미 지나친 얼음 인간 중에, 앞으로 마주칠 얼음 인간 가운데 서리가 있을 수 있었다. 그럴 확률이 없다고 단언할 수 없었다. 그렇다면 어떻게 해야 할까. 모두를 녹이거나 서진이 얼어붙거나 둘 중 하나를 택해야겠지.

"제가 다시 얼어붙어도 정말 멀쩡해요? 혹시 죽어서 어는 거 아니에요? 어는 과정에서 죽으면요?"

그새 다시 얼고 싶어졌나? 서진은 질문의 의도가 궁금했다. 헬멧 속 표정을 볼 수 있다면 좋을 텐데.

"넌 약수를 마셔서 한 달 뒤 얼면 문제없어. 그러니까 최소 한 달은 얼 생각하지 마."

혜성은 걸으면서 뒤편의 얼음 인간에게 시선을 떼지 못했다.

"앞에 봐. 그러다 또 부딪혀."

그러나 서진 역시 혜성이 던진 질문에 묶여 있었다.

"혹시 다시 얼고 싶어?"

묻고 나니 부주의한 말이었다. 혜성의 입장에서는 섬뜩하게 들릴 수도. 정말 그런지 혜성은 입을 다물어 버렸다. 둘은 침묵을 유지하며 길을 나아갔다. 의지와 무관하게 발이 저절로 움직였다.

"살면서 누군가를 너무 녹이고 싶어지면 제가 다시 어는 것도 괜찮을 것 같아서요. 하지만 우선은 서리부터 찾고요."

한참 만에 나온 혜성의 답에 서진은 머리가 핑 돌았다. 서진에게 혜성은 없는 존재였는데, 그 잠깐 사이에 아니게 된 걸까. 그래서 얼겠다는 말이 이리 충격으로 와닿는 걸까.

"누나, 안 추워요?"

"춥지. 오늘 영하 209도잖아."

슈트를 입어도 따뜻하진 않았다. 한파에 패딩 대신 코트를 입고 돌아다니는 느낌이랄까. 기온은 매일 조금씩 오르거나 내렸고, 지구가 원래 환경으로 돌아가려고 애쓰고 있는 듯해서 그게 오히려 안심이 되었다. 그렇다 해도 영하 200도보다 위로 오르진 않았다. 외계 생명체가 냉동실 온도를 맞추듯 그날그날 지구 온도를 조정하고 있는지도 몰랐다.

카메라로 이것저것을 찍던 혜성은 곧 아무것도 찍지 않았다. 똑같은 풍경을 계속 담는 게 의미 있을 리 없지. 흥미로운 것, 즐거운 것, 지루한 것, 고통스러운 것이 구분 없이 백색으로 언 세상이었다. 이제 혜성도 알았겠지.

"저기 봐요!"

빠른 속도로 맞춰 둔 튜브 다섯 대가 앞에서 정지 비행 중이었다. 편의점에 다 왔다는 뜻이었다. 정말 저곳에 서리가 있을까? 그럴 것 같지 않았다. 서진은 기대를 품지 않았다. 목적지 없이 수색을 위해 여기 왔을 뿐이었다.

"우리 다 온 거죠?"

혜성의 물음에 그만 걷고 싶다는 간절함이 묻어났다. 서진도 더 걷기는 힘들었다.

"응. 다 왔어. 여기서 쉬자."

서진은 흩어진 튜브들을 하나하나 손으로 끌어서 한데 모아 뒀다. 그리고 혜성과 함께 편의점이 있는 상가 건물을 한 바퀴 돌았다. 유리 출입문이 있어야 할 자리에는 흰 빙벽이 굳건하게 세워져 있었다.

"누나, 여기 봐요. 색이 달라요."

혜성이 가리킨 곳은 얼음의 투명도가 달랐다. 정말 서리가 여길 다녀갔을까? 아니면, 지금 저 안에? 저기 있다면 아마 헬멧으로 통신이 가능했을 텐데. 그럼 혹시 얼어 있을까? 작은 흔적이라도 찾을 수 있으면 다행이다 여겼는데, 기대와 희망으로 가슴이 두근거렸다. 서진은 토치를 꺼내서 얼음을 녹였다. 편의점 안을 들여다볼 수 있는 정도의 구멍이 생겼다. 안쪽으로 얼어붙은 사람이 하나 보였다.

"어? 저기!"

혜성이 흥분해서 목소리를 높였다. 아닌 줄 알면서도 서진은 숨을 멈추고 바짝 긴장했다. 그렇지만 금세 정신을 차려 이 성적으로 생각했다. 서리가 편의점 안에서 얼어 있을 이유는 없었다. 그건 말이 안 되었다. 침착하게 얼음 인간을 다시 보니 키도 몸집도 굉장히 컸다.

"서리는 아니에요."

"그래. 그런 것 같지."

수색 시간이 한없이 길어진다면, 그래서 초조함과 절망이 극에 달하면 누가 봐도 서리가 아닌 사람을 그 애라고 확신하는 순간이 올까 두려웠다.

서진은 편의점 앞 공터에 텐트를 설치하고 점심을 먹기로 했다. 다음 장소까지는 세 시간 가까이 걸어야 했다. 목적만 있지, 어디로 가야 할지 알 수 없는 게 이 여정의 특징이었다.

혜성이 텐트 치는 것을 거들었다. 서진은 지난번보다 사이즈가 큰 텐트를 챙겨 왔다. 냉기를 차단하는 매트를 바닥에 깔고, 그 위로 텐트를 쳤다. 버튼을 누르면 자동으로 모양이 잡혀서 크게 힘을 쓰거나 기술이 필요하진 않았다. 텐트가 완성되고 접이식 테이블, 의자, 침낭을 차례로 꺼냈다. 그리고 작은 텐트 하나를 더 설치해서 텐트끼리 연결했다. 작은 텐트에서는 옷을 갈아입거나 볼일을 볼 수 있게 해 뒀다. 서진 혼자였다면 불필요했지만 귀찮다는 생각은 들지 않았다. 큰 텐트 출입구에는 차가운 공기 유입을 순간적으로 차단해 주는 에어커튼을 설치했다.

"여기 보여? 이게 에어커튼 버튼이야. 나가기 전에 누르고, 들어올 때도 이걸 누르면 돼. 나갈 일은 없겠지만."

"저 캠핑 한 번도 해 본 적 없어요. 형이 대학 가면 데려가 준다고 약속했었는데."

서진은 그 말에는 대꾸하지 않았다. 혜성이 형 얘기를 의도적으로 꺼내지 않았다는 것은 알았다. 그러나 언젠가는 자기 형을 녹이고 싶다는 속내를 꺼낼 테고, 강하게 요구하다 못해 서진을 위협할 수 있었다. 그건 시간문제였다. 원하는 것을 입 밖으로 말하고 나면 갈수록 노골적으로 변해 가겠지. 서진이 이런 걱정을 하는 줄도 모르고 혜성은 물건 하나하나에 감탄하느라 정신이 없었다.

"절 녹인 게 이거죠?"

혜성이 해동기를 가리켰다.

"응."

대답에서 냉랭함을 느꼈는지 혜성은 더 말하지 않았다. 서진은 여기까지 와 준 혜성에게 고맙고 미안했다. 하지만 그렇다 해도 누군가를 녹여 달라는 청은 들어줄 수 없었다. 혜성이 이 문제를 간단하게 생각하지 않기를 바랐다.

"뭐 좀 먹을래?"

"네. 좋아요."

혜성은 금세 쾌활하게 대답했다. 텐트 안이 후끈하게 따뜻해지면서 온몸이 노곤해졌다. 피로가 폭풍처럼 밀려와 똑바로 앉아 있기가 힘들 정도였다. 아직 긴장을 풀면 안 되는데. 반면 혜성은 훈훈한 온기에 힘이 나는지 접이식 의자에 앉아 고개를 까딱까딱하며 노래를 흥얼거렸다. 전에도 같은 노래를 흥얼대더니. 서진은 저 노래를 부른 가수가 누구인지 떠올랐다. 세상이 얼기 전 우리나라뿐 아니라 전 세계적으로 유명했던 걸 그룹 노래였다. 서진은 음악에 별로 관심이 없었고, 서리는 좋아했다. 혜성의 흥얼거림을 들으며 서진은 화려한 무대에서 조명을 받던 가수들이 이제는 모두 다 얼어 있겠구나 하는 생각만 들었다.

서진은 간신히 의자에서 몸을 일으켜 다른 편 텐트로 건너가서 편안한 옷으로 갈아입었다. 그리고 진공 포장된 어묵탕 두 개를 꺼냈다.

"혹시 못 먹는 음식 있어? 알레르기나 그런 거. 어묵탕 말고 다른 것도 있어."

"아니요. 다 잘 먹어요. 와, 어묵탕 진짜 맛있겠다."

"너도 옷 갈아입고 와."

"아니에요. 슈트 갈아입는 거 너무 힘들어요. 전 하나도 안 불편하니까 이대로 있을게요. 적응 다 됐어요."

"넌 적응이 참 빠르구나."

서진은 어묵탕 포장 팩에 달린 줄을 힘주어 당겼다. 팩이 서서히 뜨거워지며 보글보글 끓기 시작했다. 모르는 사람이 보면 캠핑이라도 왔다고 할 만한 광경이었다.

어묵탕 덕분에 텐트 안이 조금 더 훈훈해졌다. 몸이 사르르 녹는 게 느껴졌다.

"너, 밖에 나갈 때 슈트 꼭 입어야 해."

서진은 잔소리처럼 당부했다.

"네, 알죠! 다시 얼고 싶지 않다면 말이죠."

둘 다 국물까지 싹 남기지 않고 식사를 마쳤다. 서진은 동생이 사라진 상황에 지금 끼니가 인생 식사로 꼽을 만큼 아주 흡족했다. 그리고 그건 아주 잘못된 일처럼 느껴졌다.

"코코아 한 잔씩 마시고 이제 네가 말한 서리 라이벌이라는 친구가 있는 곳으로 가자. 걸을 수 있지?"

서진이 혜성에게 따뜻한 코코아 한 잔을 건네며 물었다. 따끈한 음식, 달달한 간식이 기운과 기분을 효과적으로 끌어올려 주었다. 하지만 그보다는 혼자가 아니라서 뭐든 해 볼 의욕이 생겼다.

"서리 말대로 누나 진짜 따뜻한 사람이네요."

혜성은 코코아를 홀짝이며 활짝 웃었다. 따뜻하다니, 서진은 그런 말을 처음 들어 봤다. 서리가 서진을 그렇게 생각하고 있는 줄도 몰랐다. 이제껏 들어온 말은 차갑고, 무슨 생각을 하는지 알 수 없고, 눈치가 없으며, 보고 있으면 기분이 나빠진다는 얘기뿐이었으니까.

"저, 그 애가 사는 아파트 단지는 아는데 동, 호수까지는 잘 몰라요."

그 정도만 알아도 충분했다. 서리가 거기에 있다면 굳이 집집마다 확인하지 않아도 단지를 돌며 헬멧으로 통신을 시도해 볼 수 있으니까.

서진은 혜성이 말한 아파트 이름을 튜브에 입력했다. 혜성이 바짝 다가와 구경했다.

"이런 게 다 있어요? 어디 제품이에요?"

혜성은 온갖 감탄사를 뱉으며 튜브를 조심스레 쓰다듬고 이리저리 살폈다.

"어, 이거 스타버드 제품이네요?"

"스타버드?"

튜브 측면에 날개 무늬의 양각 로고가 있긴 했지만 그냥 무늬라 생각했다.

"이거 드론 브랜드 로고예요. 제가 드론 좋아해서 알아요. 와, 이런 것도 나왔구나."

서진은 혜성에게도 튜브 작동법을 알려 주는 게 좋겠다고 생각했다.

"너도 쓸 수 있게 튜브 하나를 등록해 줄게. 해동기는 나만 작동이 가능한데, 튜브는 내가 사용자 등록해 주면 너도 쓸 수 있어."

"정말요? 고맙습니다! 누나, 근데 이거 타고 이동할 수도 있어요?"

서진은 미간을 찌푸렸다. 튜브에 올라타고 바닥으로 미끄러져 넘어지길 끊임없이 반복하던 서리가 떠올라서였다.

"서리도 자꾸 올라타려고 하던데, 대체 둘 다 뭐가 문제야? 타지 마. 균형 잡기 힘들어서 다쳐."

혜성은 대답은 않고 골똘히 생각에 잠겨 있었다. 어디를 밟아야 균형을 잡을 수 있을지 따져 보고 있겠지. 이런 면까지 서리와 똑같았다.

"손 줘!"

서진은 혜성의 손을 당겨서 튜브에 지문을 등록시켰다.

"이 불빛은 뭐예요?"

혜성이 튜브 측면 아주 작은 스타버드 로고를 가리켰다. 미세한 붉은 빛이 부리 쪽에서 규칙적으로 깜박이고 있었다. 언제부터 이런 거지? 서진은 처음 보는 현상이었다. 혹시 망가졌나? 3년 내내 24시간 써도 끄떡없는 배터리가 장착되어 있을 텐데. 이후로는 충전해서 쓰면 되고. 튜브에 문제가 생겼다면 이 여정은 완전히 꼬여 버린다. 서리를 찾기는커녕 둘이 집까지 무사히 돌아갈 수 있을지도 장담할 수 없었다. 서진은 입안이 바짝 타들어 갔다. 그때였다.

〈업데이트 사용 가능합니다. 예상 소요 시간은 두 시간입니다. 지금 시행하겠습니까? 아니면 나중에 시도하겠습니까?〉

서진은 액정을 확인했다. '지금'과 '지금 안 함' 중에 선택할 수 있었다. '지금'을 누르자 작동 중인 모든 튜브에서 일제히 '삐' 하는 기계음이 울렸다. 기기의 업데이트는 처음 있는 일이었다. 서진은 돌발 상황에 한껏 예민해졌다.

〈반경 20km까지 이름으로 위치를 검색할 수 있습니다. 이름을 입력하세요. 다수의 주소지가 뜰 경우 원하는 위치를 선택해 주세요.〉

서진의 머릿속에 안개가 걷히고 찬란한 빛이 들이쳤다. 이제는 서리를 찾느라 무작정 헤매 다닐 필요가 없었다.

"근데 우리 두 시간 대기하면 어두워질 텐데."

혜성은 튜브 업데이트의 의미를 아직 깨닫지 못한 듯했다. 걱정대로 두 시간을 대기하면 길을 나서기 애매해진다. 출발해도 얼마 못 가 멈추고 다시 텐트를 쳐야 한다. 하지만 급하지 않았다. 두 시간 뒤면 서리가 어디 있는지 정확히 알게 될 테니까.

서진은 혜성에게 업데이트로 무엇이 달라졌는지 설명하며 잠시 눈을 붙이라고 말했다. 혜성은 잠이 오지 않을 것 같다고 했다. 그건 서진도 마찬가지였다.

아주 더디게 시간이 흘러, 마침내 빨간 불빛이 초록빛으로 바뀌며 〈업데이트가 완료되었습니다.〉 하는 음성이 흘러나왔다.

"와! 이제 됐다! 이거 할머니가 미리 업데이트 설정을 해 둔 걸까요?"

서진은 혜성의 말이 귀에 들리지 않았다. 곧장 튜브에 '태서리'를 입력했다. 혜성은 긴장되는지 튜브 주위를 돌며 부산스럽게 움직였다.

곧 튜브 액정에 주소 하나가 떴다. 동명이인이 없는지 주소지는 딱 하나였다.

"어? 여기는……."

주소를 확인한 서진은 완전히 실망했다. 걷잡을 수 없이 눈물이 터졌다.

"누나, 왜 그래요. 울지 마요."

서진이 본 것을 혜성도 확인했다.

"그러니까 서리의 위치가 '집'이에요? 우리가 출발한 장소 맞죠? 길이 엇갈렸을까요? 그럼 지금 서리가 집에 와 있나?"

혜성은 실험을 위해 서진이 한 그대로 자기 이름을 입력했다. 곧 주소가 떴다. 이곳 부근이지만 정확하게 여긴 아니고, 놀이터였다. 그러니까 튜브는 세상이 얼어붙은 그날, 바로 그 시각에 머문 위치를 알려 주고 있었다. 서리가 어디 있는지는 여전히 알 수 없다는 뜻이었다.

"누나, 그래도 우리 이제 서리 라이벌이 어디 있는지 정확히 알 수 있어요. 제가 개 이름 입력할까요?"

서진을 달래고 싶어 한 말이지만 별로 효과가 없었다. 서진은 좀처럼 진정되지 않았다. 희망에 대한 반작용으로 산산조각 부서졌다.

"누나, 서리 찾을 수 있어요. 우리가 못 찾더라도 개가 우릴 찾을 거예요. 서리 알잖아요! 그러니까 우린 어서 출발이나 해요."

서진은 눈물범벅이 된 얼굴로 혜성을 물끄러미 보았다. 왜인지 모르게 혜성이 울고 있었다.

"넌 왜 울어?"

"저 원래 누가 울면 따라 울어요. 우리 서리 찾을·수 있어요."

"맞아. 꼭 찾을 거야."

서진은 우는 혜성을 달래며 자신의 마음을 다잡았다. 그 성희라는 애는 여기서 2.3킬로미터 떨어진 장소에 있었다. 왔던 길을 도로 걷다가 서쪽으로 꺾으면 나오는 곳. 이럴 거면 편의점이 아니라 거기부터 갔어야 했다.

"오늘은 여기 있다가 날 밝으면 다시 떠나자."

"그럼 전 좀 잘게요."

혜성은 말하기 무섭게 앉은 채로 눈을 감았다. 저 정도로 피곤했으면서 길을 떠나자고 했나.

"옷 갈아입고 와. 텐트에 오래 있어야 하잖아."

쏟아지는 잠이 버겁기는 서진도 마찬가지였다. 손가락 하나

까딱할 힘이 없었다. 그래도 침낭 두 개를 꺼내 바닥에 펼치고
는 혜성을 흔들어 깨워서 간신히 침낭으로 가게 했다.

먼저 잠에서 깬 것은 서진이었다. 새벽 1시가 조금 지났다.
서진은 소리가 나지 않게 조심조심 침낭을 빠져나왔다. 업어
가도 모르게 자던 혜성이 인기척을 알아채고 화들짝 놀라 몸을
일으켰다.

"더 자. 새벽 1시라 날 밝으려면 멀었어."

혜성은 잠꼬대인지 알아들을 수 없는 말을 중얼거리며 가부
좌를 틀고 앉아 고개를 푹 숙였다. 잠을 쫓는 중인지 잠꼬대인
지 알 수 없었다. 몸을 옥죄는 슈트를 입고 어떻게 자는지 서진
은 신기하기만 했다.

"저 밖에 나가 봐도 돼요? 너무 갑갑해서 좀 걷고 싶은데."

슈트를 입고 있으니 갑갑할 만도 했지만 원인이 무엇이든 외
출은 말리기로 했다.

"지금은 랜턴 빛이 있어도 네 발끝도 안 보일걸. 위험해."

혜성은 멀리 돌아다니지 않고 그냥 텐트 주변만 한 바퀴, 딱
5분만 돌고 돌아오겠다고 졸라 댔다. 어둠이 보고 싶다고도 말
했다. 서진은 혜성을 막을 명분이 없었다. 무엇을 하든지 이 애
의 자유였다. 서진은 자기가 왕도 아니고, 해도 되는 일과 해서
는 안 되는 일을 허락하는 사람이 되어서도 안 된다고 생각했
다. 피해만 주지 않는다면 하고 싶은 일을 자유롭게 하도록 두

는 편이 서로에게 좋았다.

"그래, 알아서 해. 나한테 네가 하고 싶은 걸 허락받을 필요는 없어. 그래도 위험하니까 멀리는 가지 않는 게 좋아. 내가 너까지 찾으러 다니게 만들지 마. 앞으로 뭔가 할 때는 그 점을 생각해 줘. 피해 끼치지 않기!"

"네. 약속할게요."

서진은 대화 중 자기 마음을 알아챘다. 혜성이 사라진다면 찾아 나설까? 동생 하나 챙기기도 벅차지만 외면하기는 어려웠다.

혜성은 헬멧을 썼다. 서진은 헬멧 위쪽에 달린 버튼 위치를 알려 주고 랜턴을 켜 주었다. 혜성은 필요도 없을 카메라를 챙겼다. 에어커튼을 열고 혜성이 텐트 밖으로 나갔다. 서진은 따라 나갈까 고민하다 관두었다. 슈트를 다시 착용하기가 번거로웠다. 생각만으로도 어깻죽지가 시큰거렸다. 그래도 비상 상황을 대비해 헬멧을 눌러썼다.

"내 목소리 들리지?"

혜성이 바로 응답했다.

"네. 들려요. 와, 진짜 깜깜하네요. 태어나서 이렇게 완벽한 어둠은 처음 봐요. 근데요, 우아!"

혜성이 감탄을 뱉더니 말을 잇지 않았다. 서진은 호기심이 일었다.

"뭔데?"

"별이 하나 보여요. 아니, 두 개. 엄청 밝아요."

이 시커먼 어둠 속에서 볼 수 있는 게 있다고? 서진은 다음 번에 서리와 함께 밤하늘을 보기로 했다. 혜성이 산책에 집중 할 수 있게 서진은 더는 말을 걸지 않았다. 그렇게 10분이 흘렀 을까. '쿵' 소리가 헬멧으로 들려왔다. 서진은 심장이 덜컹 내려 앉아 그대로 굳어 버렸다.

"윽. 괜찮아요. 나무 같은 데 부딪혔어요."

그러게 너무 어둡다고, 위험하다고 경고하지 않았느냐는 잔 소리가 새어 나오는 걸 꾹 참았다.

혜성은 멀리 가진 않았는지 빠르게 텐트로 돌아왔다.

"밤에 다니는 거 진짜 위험하긴 하네요."

서리와 마찬가지로 경험해야 깨닫는 유형이었다.

"다친 거 아니지?"

"네. 하나도 안 다쳤어요. 나무 같은 기둥에 살짝 부딪힌 거 예요."

서진은 그게 나무인지 어떻게 확신하느냐 묻고 싶었다. 얼음 인간일 수도 있는 일이었다.

돌아온 혜성의 배에서 꼬르륵 소리가 났다. 서진도 허기가 졌다. 둘은 감자 스프 하나를 나눠 먹었다.

"날 밝으려면 많이 남았죠? 잠 안 올 것 같은데."

"응. 꽤 남았지."

잠은 서진도 다시 올 것 같진 않았지만 체력을 위해서라도 둘은 각자 침낭으로 돌아가 누워 있기로 했다. 텐트 내 조명은 그냥 밝혀 둔 채로 두었다.

서진은 서리가 지금쯤 어디서 무얼 하고 있을지 궁금했다. 텐트 속 침낭에 누워 잠을 자고 있을까, 아니면 어딘가에 얼어붙은 채로 서진을 애타게 기다리고 있을까. 심란한 마음으로 서리의 행방을 상상하는데 코 고는 소리가 들려왔다. 정말 혜성은 어떤 척박한 환경에서도 거뜬히 적응하는 사람이었다. 서진은 혜성의 코골이 소리에 묘한 안정감을 느꼈다.

생각은 꼬리를 물고 서리에서 튜브로 이어졌다. 왜 6개월이 지난 지금 업데이트가 됐을까? 할머니가 미리 설정해 뒀을까? 혹시 서리가 끌고 간 튜브들도 똑같은 시점에 업데이트가 되었을까? 주소지를 입력하지 않고, 이름만으로 위치를 알 수 있다면 앞으로는 특정한 사람을 골라 녹일 수 있게 된다. 서리 말대로 할머니는 사람들을 하나둘 녹이길 바랄까? 녹여도 되는 게 아니라 녹여야만 하는 상황이 온 거라면 서진은 누구부터 녹여야 좋을까. 서리 외에 떠오르는 이름이 없었다. 역시 아무도 녹이지 않겠다고 생각할 때 '도은'이라는 애가 떠올랐다.

'도움이 필요하면 말해.'라고 적힌 쪽지를 건네준 아이. 한 번도 제대로 된 대화를 나눠 본 적이 없었다. 그건 다른 애들과도 마찬가지긴 했지만. 도은은 친하게 지내는 무리가 없고, 먼저 다가가 입을 여는 법 없는 조용한 애였다. 서진과 비슷해 보이지만 다른 게 있다면 함부로 대하면 안 될 것 같은 분위기가 있었다. 그런 건 어떻게 가질 수 있는지 서진은 알고 싶었고, 배우고 싶었다. 그리고 그 애가 언제부터 서진의 비명을 알아챘는지도.

불과 얼마 전까지만 해도 잠 귀신이라도 붙은 듯 종일 잤는데, 그 때문에 서리가 예민했는데, 이제 서진은 잠에서 확실히 빠져나왔다. 서리가 의도한 게 이거라면, 그래서 이 난리를 계획했다면, 결과는 성공이었다.

서진은 눈을 감고 뜨지 않기로 했다. 어디선가 본 글에서 실제 잠을 자지 않아도 눈을 감은 것만으로도 수면의 효과가 있다고 했다. 눈을 감고 얕은 잠에 잠겼다. 그러다 눈을 번쩍 떴다. 혜성이 소리를 지르고 있었다. 악몽을 꾸는 듯했다.

"형! 형! 기다려!"

혜성의 잠꼬대에 서진은 알 수 없이 눈물이 고였다. 뜨거운 눈물이 볼을 타고 줄줄 흘러내렸다. 당연히 혜성도 사랑하는 이들을 구하고 싶겠지. 지금은 관심 없는 척 괜찮은 척 굴어도 머지않아 서진에게 애원할 것이다. 형을, 엄마를, 아빠를, 제발 살려 달라고. 튜브에 가족과 친구의 이름을 하나하나 입력하고 매일같이 그들을 보러 나서는 게 일과가 될 거였다. 서진은 혜

성을 튜브의 이용자로 등록할 때만 해도 그런 예상은 하지 못
했다.

'그런데 업데이트된 게 튜브만이 아니라면…….'

왜 그 생각을 못 했지. 서진은 침낭에서 빠져나왔다. 해동기
를 확인해 봐야 했다. 어느덧 새벽 5시였다. 세 시간이면 어둠
이 걷힐 거였다.

혜성을 힐끔 보는데 이마가 반짝거렸다. 밖에 비하면 용암에
가깝게 뜨거운 실내지만 땀 흘리며 잘 정도는 아니었다. 서진
은 혜성에게 가까이 다가갔다. 혜성이 끙끙 앓는 소리를 내고
있었다. 이마에 손을 올리지 않아도 고열에 몸이 끓고 있는 게
보였다. 해열제를 따로 챙겨 오지 않았는데 큰일이었다.

"혜성아, 일어나 봐."

서진은 혜성을 가볍게 흔들어 깨웠다.

"어, 엄마……."

혜성이 엄마를 찾았다. 몸이 얼었다 녹았기 때문에 아픈 걸
까, 아니면 여기까지 무리하게 걸은 탓일까. 단순한 감기 몸살
이면 차라리 다행인데, 몸 어딘가 잘못됐으면 앞으로 어떻게
해야 하지? 정말로 혜성의 엄마를 녹여 와야 할지도.

지금 컨디션으로 서리를 찾아 돌아다니긴 무리였다. 서진은
한 번 더 세게 혜성을 흔들어 깨웠다. 몸이 불덩이였다.

"벌써 아……침이에요? 우리 지금 출발해요?"

혜성의 눈에 초점이 없었다. 서진은 자기 이마에 손을 대고, 혜성의 이마에 손을 대 보았다. 너무 뜨거웠다. 이대로 밖에 나가면 곧장 얼지 않을 수도 있을 만큼 뜨거웠다. 치료하기 힘든 병에 걸린 거면 어쩌지? 서진은 답을 알고 있었다. 선택은 하나였다. 약을 써서 어떻게든 30일을 버티게 하고 도로 어는 것. 혜성이 이게 최선의 방법이란 걸 받아들일지는 모르겠지만.

4

"집에 두고 온 게 있어. 그래서 우린 다시 집으로 가야 해. 괜찮지?"

혜성이 고개를 끄덕였다. 어디가 아픈지 확인하려면 집으로 가야 했다. 지하에 있는 검진 시설은 아직 제대로 써 본 일이 없어서 기계를 잘 작동시킬 수 있을지 걱정이었다. 물론 그건 너무 앞선 걱정일 수도. 일단은 집까지 잘 갈 수 있을지 자신이 없었다.

서진은 혜성이 일어날 수 있게 부축했다. 보온병에서 따뜻한 물을 한 컵 따라 건넸다. 진통제와 달콤한 사탕도 함께.

"이거 진통제야. 일단 먹어 둬."

"악몽을 꿨어요. 그래서……."

혜성은 기침하느라 말을 다 맺지 못했다. 악몽이라면 서진도 잘 알았다. 나쁜 꿈을 피하고 싶어서 잠을 자지 않고 버틴 날들이 숱했다. 꿈은 현실을 재료로 만들어지기에 서진의 꿈은 늘 힘겹고 고단했다. 현실에서 달아날 수 없듯 꿈에서도 마찬가지였다.

"그런데 뭘 놓고 왔어요?"

혜성이 물컵을 돌려주며 물었다.

"중요한 거."

둘은 출발 전 에너지바를 하나씩 먹기로 했다. 혜성은 그 작은 바 하나를 다 먹지 못하고 반 이상을 남겼다. 그러더니 짐 챙기는 서진을 돕겠다고 나섰다.

"가만있어. 체력 아껴 둬."

서진은 혜성에게 헬멧을 씌워 주고, 신발도 신겨 줬다. 혜성의 튜브에 집 주소를 입력했다. 그리고 남은 튜브들의 주소를 한꺼번에 동기화했다. 텐트는 이 자리에 그냥 두고 몸만 빠져나가기로 했다. 누가 가져갈 리도 없고, 텐트는 이것 말고도 여유 있게 많으니까 지금은 힘을 아끼는 편이 현명했다.

"근데 누나, 무슨 소리 들리지 않아요?"

서진은 혜성의 질문을 듣지 못했다. 헬멧 속 혜성의 목소리는 바깥으로 새어 나올 만큼 크지 않았다.

잠시 뒤 텐트의 문이 열렸다. 누군가 안으로 들어섰다. 서진은 여전히 기척을 알아채지 못했지만 등에 닿는 서늘한 낯선 공기 때문에 머리카락이 쭈뼛 곤두섰다. 혜성이 손가락으로 서진의 어깨 너머를 가리키고 있었다. 침입자는 에어커튼 버튼을 누르지 않았다.

"서리니?"

서진은 갈아입을 슈트를 손에 쥐고 선 채로 물었다. 지금 이곳에서 살아 움직이는 사람은 셋뿐일 수밖에 없었다. 서진, 혜성 그리고 서리.

방문객이 다가오며 헬멧을 벗자 갈색 긴 머리가 보였다.

"누나, 이상한데요?"

서진도 일이 잘못됐다는 것을 깨달았다. 다만 불가능한 일이라 눈앞의 상황이 받아들여지지 않았다. 서리는 새까만 단발머리였다. 최근에 직접 머리를 잘라서 끝이 삐죽삐죽한 단발머리.

긴 갈색머리가 고개를 들자 정체가 드러났다. 서진은 그대로 굳어 꼼짝할 수 없었다. 얘가 어떻게 여기 있을 수 있지? 이게 말이 돼? 현실이 아니라 악몽인가? 아니면 혜성과 텐트에 머무는 잠깐 사이, 바깥세상이 녹기라도 했나? 얼어붙어 말이 나오질 않았다. 눈앞에 기유진이 있었다. 서진의 세계를 파괴한 장본인.

기유진은 서진의 심약하고 물렁한 상태를 간파한 듯 입가를 올리며 여유에 차 말했다.

"아, 여기서 만나네. 왕이시여, 인사드립니다."

기유진의 말이 끝나기 무섭게 서진은 밖으로 뛰쳐 나갔다. 슈트를 입지 않았다는 것을 완벽하게 잊었다. 그저 기유진에게서 멀어지려고 텐트 밖으로 뛰었다. 순발력 좋은 혜성이 서진을 붙들려고 했지만 소용없었다. 혜성은 머리가 어지러워서 뛰다 주저앉고 말았다. 뒤늦게 기유진이 서진을 붙들려고 손을 뻗었다. 다 소용없었다.

서진은 슈트도 입지 않고, 헬멧도 신발도 신지 않고 텐트 밖으로 뛰쳐나갔다. 누구도 말릴 틈이 없었다. 세상이 얼어붙던 그날처럼 순식간에 벌어진 일이었다.

내색한 적 없지만 서진은 그냥 밖으로 나가 다른 인간들처럼 얼고 싶다는 생각을 가끔 했다. 하지만 반대로 서리가 그런 생각을 한다면 견디기 힘들 것 같았다. 얼음 인간들의 일시 정지 상태는 '계속된' 일시 정지였고, 그건 죽음과 다르지 않았다. 할머니가 손녀들을 굳이 얼지 않게 한 이유는 그래서가 아닐까.

언젠가 서진은 인터넷에서 이런 얘기를 본 적 있었다. 죽기 직전, 그간 살아온 삶이 파노라마처럼 눈앞에 펼쳐진다고. 정말로 그랬다. 가위에 눌린 듯 손가락 하나 꼼짝 할 수 없는데 날카로운 바늘이 몸을 파고드는 통증이 덮쳐 왔다. 그러고는 지난 과거가 영화처럼 눈앞을 지나갔다. 즐거운 장면은 한 줌이 채 되지 않았다. 잊고 싶은 기억들이 하이라이트를 차지했다. 그 장면 속 기유진은 활짝 웃고 있었다. 서진은 왜 자신이 타깃이 되었는지 궁금했지만 물어도 알 수 없었다. 유진은 이유는 말하지 않고 "너만 보면 기분이 나빠."라는 말만 반복했다. 그 나쁜 기분이 서진과 무슨 상관이 있을까. 유진은 애정 결핍 같았다. 주목받기 위해 자기 상태를 늘 그럴 듯하게 부풀렸다. 서진의 눈에 그게 보였다. 그래도 한 번도 다른 애들 앞에서 언급한 적은 없었다. 그냥 속으로 '거짓말'이라고 외쳤을 뿐. 말하지 않아도 눈빛에 다 드러났을까, 그게 아니면 유언비어나 퍼뜨리는 정신 나간 노인의 손녀라서? 이유 같은 것은 처음부터 없고, 욕을 해도 때려도 탈이 없을 것 같아서? 유진이어서 맞혀 보라며 재촉했다. 맞히면 놓아주겠다고. 하나, 둘, 셋. 유진이 수를 세며, 모를 줄 알았다는 듯 미소 지으며 서진의 머리채를 감아 잡았다. 서진은 얼음 인간들이 죽었다고 생각했다. 손끝이 얼고 있는 지금, 그 말은 취소다.

얼음 인간은 깨어날 가능성이 있었고, 그것만으로도 존재감이 있었다.

2부

녹인 뒤

1

　기유진과 함께 움직일 걸 그랬나? 그런 생각이 머릿속에 불
쑥불쑥 떠오를 때마다 서리는 고개를 휘저었다. 이미 끝난 일
은 후회하는 게 아니었다. 서리는 비좁은 공간에 간신히 텐트
를 설치하고 해동기를 꺼냈다.

　"태양 오빠부터 깨울 걸 그랬나 봐."

　또 후회하는 말을 했다고 자책하며 서리는 자기 입술을 때렸
다. 바뀐 세상에서 기유진이 할 수 있는 일은 없었다. 그런 확
신이 있었기 때문에 기유진을 녹인 것이다.

　'언니는 기유진을 만났을까? 혜성이 같이 있으니까 괜찮을
거야. 근데 아마 못 만났을 수도.'

　기유진은 집으로 가는 튜브를 따라 밤중에도 쉬지 않고 걸

어야 했을 것이다. 체력이 바닥나서 걷기를 포기했거나 튜브를 놓쳤을 가능성이 높았다. 그럼 다시 얼지 않고는 못 배길 테고. 다시 어는 게 뭘 의미하는지 서리는 기유진에게 똑똑히 알려 주었다.

서진이 이 일을 안다면, 사람이 죽을 수도 있는데 어떻게 그런 짓을 했느냐고 잔소리할지 몰랐다. 그게 기유진이라 해도 말이다. '이에는 이, 눈에는 눈'이 실천되지 않아서 일이 여기까지 왔다. 기유진이 죽는다 해도 서진에게 벌인 짓에 비하면 그대로 되갚아 줬다기에는 부족했다. 그렇지만 독한 기유진이라면 어떻게든 집에 도착했을지도.

서리는 많이 놀라고 화났을 서진의 얼굴을 떠올렸다. '화'라는 말로 뭉뚱그리기엔 좀 더 복잡한 감정이겠지만. 서리는 서진이 온종일 자는 걸 지켜보면서 기유진에 대해 생각하고 또 생각했다. 서진이 잠을 자는 시간은 늘어만 갔다. 깨어 있는 시간이 얼마 되지 않을 만큼 죽은 듯이 잤다. 집 밖의 얼음 인간들과 다를 게 있나 싶을 정도였다. 서리는 이 말도 안 되는 세상에 혼자 남겨진 기분이었다. 왜 저렇게 잠을 자? 왜 저렇게 의욕이 없어? 서리도 모르진 않았다. 꼭 해야만 하는 일이 없는 세계였다. 성적을 위해 공부를 할 필요가 없었고, 친구 관계에 민감하게 신경을 쓸 일도 없었다. 서진만 그런 게 아니었다. 서리도 마찬가지로 목숨 걸고 달릴 일이 없었다. 그저 달리는 자체로 좋았는데 박차고 달릴 땅도, 기록을 다투던 친구들도 다 얼어 버렸다. 아무리 큰 스타트 총성이 울려도 누구 하나 움찔하지 않을 것이다.

운동선수는 한 해 한 해가 다르다. 정확히는 하루하루가 다르다. 세상이 언제 녹을지 모르지만 국가 대표의 꿈은 이미 끝났다. 서리는 열정적으로 성실히 훈련해 왔기 때문에 더욱 쓸쓸하고 허탈했다. 앞으로 뭘 하며 하루를 보내야 할지 막막했다. 그래도 서리는 절망하지 않았다. 처음부터 육상 선수가 되기 위해 태어난 것은 아닐 테니까. 선수가 되지 못해도 하루를 만족스럽게 보내야 했다. 언니 서진도 같은 마음이면 했다.

서리는 할머니 방에서 알람시계를 가져왔다. 귀가 찢어질 정도로 요란한 음악이 울려 대서 할머니뿐 아니라 집 안 모든 사람을 깨울 수 있는 시계였다. 서리는 1분 뒤로 알람을 맞추고 기다렸다. 이미 18시간 넘게 자고 있는 서진도 이 알람에는 눈을 뜨겠지.

알람이 쩌렁쩌렁 울렸다. 서리는 서진이 일어나길 잠자코 기다렸다. 하지만 꼼짝도 하지 않았다.

'언니는 지금 잠을 자는 게 아니야.' 서리는 그렇게 생각했다.

이 알람을 듣고 깨지 않는 사람을 본 적이 없었다. 고함치는 알람을 그대로 둔 채, 서리는 서진의 서랍을 열었다. 앨범 아래에 일기장이 있었다. 거기 있다는 것은 오래전에 알았다. 서리

는 내내 상상만 하던 일을 행동으로 옮기기로 하고, 일기장을
열었다.

나는 기유진 손에 산산조각 났다.

기유진을 녹여 당한대로 똑같이 돌려주고 싶다.

아니, 마주할 필요 없이 언 채로 부수는 편이 좋을지도.

세상이 얼어 있는 지금이 기회가 아닐까.

이 기회를 놓치면 그 애가 날 다시 부술 텐데.

이번에는 이어 붙일 수도 없을 만큼 조각날 텐데.

기유진을 없애고 싶어. 그래야 악몽이 멈출 거야.

기유진이 정말 얼어 있는 게 맞는지 의심스럽다.

기유진을 녹여 묻고 싶다.

대체 나한테 왜 그런 건데?

서리는 아파트 입구를 힘겹게 통과했다. 아쉽지만 엘리베이
터는 이용 불가. 혜성의 집이 3층인 게 그나마 다행이었다. 미
끄럼틀이 돼 버린 가파른 계단을 타고 올라야 했다. 앞세운 튜
브에 체중을 실어 경사를 올랐다. 집에 돌아가면 튜브 타는 기
술을 완벽하게 마스터하기로 다짐했다. 막힌 길은 토치로 녹였

다. 그렇게 한 걸음씩 힘들게 내디딘 끝에 현관 앞에 다다랐다.

'오, 신이시여! 감사합니다!'

현관문이 열린 채로 얼어 있었다. 언 철문을 녹이려면 시간이 꽤 걸렸을 텐데. 여러모로 운이 좋았다.

길이 막힐 때마다 혜성이 형을 만나면 얼마나 좋아할지를 떠올렸다. 형의 이름은 '태양'이라고 했다. 이름부터 아주 마음에 들었다. 태양을 녹이면 어쩐지 지구에도 좋은 일이 생길 것 같은 예감이 들었다. 태양은 반년 전 고등학교 3학년이었다. 그러니까, 수능을 치르지 못하고 얼어붙었다. 머리 좋고 공부 잘하기로 유명하다고 했다. 이제 그런 건 아무 쓸모도 없지만.

내부로 들어선 서리는 텐트를 치고, 태양이 깨어났을 때를 대비해서 슈트, 약수 등을 미리 꺼내 두었다. 그리고 신나는 음악을 틀고, 에너지바를 하나 먹었다. 이것만 평생 먹어야 한다고 생각하면 진저리가 났다. 먹는 재미가 얼마나 중요한데.

서리는 레몬 맛 캐러멜을 하나 까서 입에 넣었다. 여기 오는 길에 단골 편의점에서 털어 온 것인데, 한때 밥보다 많이 먹을 정도로 입에 달고 살던 것이었다. 토치로 편의점 입구를 녹이고 안으로 들어가서 캐러멜이 있는 진열대를 불길로 훑었다. 내부는 꽝꽝 얼어서 어디에 뭐가 있는지 보이지 않았지만 서리에게는 문제가 되지 않았다. 한쪽에 얼어붙은 몸집 큰 아르바이트생보다 서리가 여길 더 잘 알았다. 그 아르바이트생은 세상이 얼기 일주일 전에 새로 왔는데, 이 편의점 최장기 아르바이트생이 되게 생겼다.

서리는 캐러멜을 먹고 공들여 양치질을 하며 서진의 금니를 떠올렸다. 서진에게 폭언, 멍, 골절을 남긴 과거의 폭력은 흔적이 사라져 증명이 어렵다. 그게 가해자들이 하나같이 뻔뻔하게 나오는 이유일지도 모른다. 기유진에게 지난 일을 따져 묻는다면 그 정도로 심하게 군 적 없다고, 그냥 장난이었다고, 예민하게 굴지 말라며 발뺌할 게 뻔했다. 입을 꾹 다문 서진을 보고 도리어 증거 있냐며 뻔뻔하게 나오겠지. 기이하게도 언제나 증명은 피해자의 몫이었다. 하지만 서진은 충분하진 않아도 증명이 가능했다. 입만 열어 보이면 됐다. 의사가 미관상 권하지 않는다고 했는데도 할머니는 굳이 금으로 치아를 씌우게끔 했다. 할머니 입장에서는 치과를 두 번 다시 찾기 힘들 테니까 치아를 오래오래 유지하자는 목적이었겠지만, 서진은 유진을 다시 만날 순간을 준비한 게 아닐까. 서리는 그래도 금니가 아니라 치아 색으로 치료했어야 한다고 생각했다.

금니를 볼 때마다 끔찍한 과거가 떠오를 테니까. 서리가 기유진을 깨운 이유는, 서진이 과거가 아니라 지금의 세계만 두려워하길 바랐기 때문이다. 잠결에 기유진의 이름을 부르며 악몽을 꾸지 않았으면 했다. 이 바람을 위해 기유진이 필요했다. 서진의 기억 속의 기유진은 점점 더 강해지고 있었다. 현실의 기유진이 그렇지 않음을 알려 줘야 했다.

〈해동을 시작합니다. 녹이려는 대상 가까이에 매트를 두세요.〉

태양을 녹이는 데 19시간이 넘게 걸렸다. 인간 하나를 녹이는 데 이렇게 오랜 시간을 들여야 하다니. 서리는 음악을 끄고, 튜브에서 태블릿을 꺼내 가장 좋아하는 영상을 재생시켰다. 내셔널지오그래픽 다큐멘터리인데, 초록이 무성한 여름날의 풍경이 끝도 없이 나온다. 빠져들어 보고 있으면 짙은 풀 냄새가 코끝을 스친다. 이 환상에도 유효 기간이 있진 않겠지. 할머니는 지구를 녹이긴 아무래도 어렵고, 다른 행성으로 이주하는 것만이 인류를 구할 길이라 했다. 행성 이주라니, 그게 실제로 가능한 일일까. 뭐, 손녀들과 무관한 먼 미래의 일임은 알겠다. 서진과 서리는 언 지구에서 생을 마칠 것이다. 그런데도 할머니는 그 일을 꼭 해야 하는지 서리는 납득되지 않았다.

해동기의 타이머가 더디게 줄어들었다. 태양이 설탕처럼 사르르 녹는 동안 서리는 앉은 채로 까무룩 잠이 들었다. 혜성이 녹이고 싶은 사람으로 태양을 고른 것은 의외였다. 엄마를 녹이고 싶어 할 줄 알았는데. 혜성은 "형이랑 놀고 싶어서."라고 해명하듯 덧붙였다. 생각해 보니 서리도 아빠와 언니 중에 선택해야 한다면 아빠에게는 미안하지만 언니를 꼽았을 것 같다.

자다 깨다를 반복하며 시간을 때웠다. 딱 5킬로미터만 뛰고 오면 소원이 없겠는데. 땀에 푹 젖어 숨이 넘어가도록 뛰고 싶

었다. 경주를 하며 뛸 수 있다면 가장 좋겠고. 이제 해동기를
쓸 수 있으니 가능하려나.

　서리는 자신이 해동기 관리자로 추가된 날만 생각하면 여전
히 심장이 두근거렸다. 그날은 자는 서진을 그냥 두고 튜브 타
는 연습을 하고 있었다. 두 발만 안정적으로 디딜 수 있으면 해
볼만 한데, 튜브 표면이 곡선인 데다 미끄러워서 균형을 잡기
가 어려웠다. 하지만 서리는 하기로 한 것을 포기한 적이 한 번
도 없었다. 몸의 무게 중심을 바꿔 가며 올라탔다 떨어지기를
반복하며 맹연습했다. 그렇게 연습 중에 알림 소리를 들었다.
튜브에서 훌쩍 뛰어내려 소리가 나는 방향으로 갔다. 해동기가
보관된 곳이었다. 원래라면 전원이 모두 꺼져 있어야 맞는데,
전에 이것저것을 손대면서 켜진 기계가 있던 모양이었다. 처음
에 서리는 해동기가 고장 났다고 생각했다. 걱정은 하지 않았
다. 해동기는 여러 대였으니까 한 대쯤 고장 난다고 문제일 게
없고, 무엇보다 쓸 일 없는 기계였으니까. 서리는 소리가 울리
는 해동기의 전원을 다시 끄려고 했다. 그러다가 업데이트 알
림 메시지를 발견했다. 일주일 뒤 새로운 관리자가 추가된다는
메시지가 눈에 들어왔고, 아드레날린이 폭발했다. 결승선을 제
일 먼저 통과했을 때보다 기뻤다.

　역시 할머니는 공평했다. 평소에도 서진이 언니라고 해서 특
별히 뭔가를 더 주는 법이 없었고, 무조건 감싸지도 않았다. 그

런데 서진만 해동기를 쓸 수 있다니 얼마나 당황했던지. 할머니가 이렇게 한 데는 숨은 뜻이 있었던 거다. 언니가 마음을 회복할 시간을 준 게 분명했다. 별로 나아지지 않은 게 문제였지만.

가만 앉아 기다리는 일은 역시 체질에 맞지 않았다. 이런 건 서진의 특기였다. 이 대기 상태가 지루해서라도 얼음 인간을 녹이는 일은 두 번 다신 못하겠다고 생각하는데, 해동기에서 우렁찬 종료음이 울렸다.

언 태양이 드디어 다 녹았다. 그간의 피로가 몰려오며 서리는 머리가 지끈거렸다. 얼른 집으로 돌아가서 푹신한 침대에 누워 한숨 푹 자고 싶었다. 에너지바 대신 따뜻한 음식도 한껏 먹고 싶고.

알을 깨고 나오는 병아리같이 태양이 매트 밑에서 움찔거렸다. 서리는 손대지 않고 잠자코 기다렸다. 마침내 얼굴을 드러낸 태양은 인상을 잔뜩 찌푸렸다. 내부가 눈부실 만큼 밝지는 않았지만 서리는 조명 밝기를 서둘러 낮추었다. 그러고 나니 텐트 안이 너무 어두웠다.

"물…… 물."

태양이 물을 찾았다. 반가운 소리였다. 약수를 마시게 해야 하는데, 왜 마셔야 하는지 설명하지 않아도 됐으니까. 서리는 마시기 좋게 물병 뚜껑을 따 주었다. 태양은 여기가 어디인지, 무슨 상황인지 묻지도 않고 물을 들이켰다. 물을 주는 낯선 사람이 대체 누구인지도 궁금해하지 않았다. 아무래도 꿈이라 착각하고 있는 것 같았다.

태양은 혜성과 생김새가 별로 닮지 않았다. 혜성은 턱이 갸름한데 태양은 각진 턱이었다. 그 턱을 따라 물이 뚝뚝 떨어지고 있었다. 저렇게 다 흘리고 마셔도 괜찮은가 생각하다가 설명서 어디에도 한 병을 말끔히 다 비워야 한다는 안내는 없었다는 걸 떠올렸다. 자세히 보니 아래로 축 처진 눈매는 혜성과 똑같았다.

물 한 병을 다 비우고 나서야 태양은 서리를 쳐다보았다. 서리는 슈트를 비롯한 필요한 물품은 준비했지만 무슨 말을 해야 적절할지는 생각해 두지 않았다.

얼음 세계에 오신 걸 환영합니다? 6개월 만에 잠에서 깬 기분이 어때요? 나 누구인지 알아요? 대체 뭐라고 말해야 하나 고민하는데 태양이 먼저 입을 열었다.

"너 누구야? 여긴 어디지?"

태양은 경계하며 물었다. 서리는 대화를 나누기에 실내가 너무 어둡게 느껴졌다.

"조명을 조금 밝게 해도 될까?"

의도한 건 아니지만 혜성의 형이라 생각하니 친근함에 스스럼없이 반말이 나왔다. 태양이 고개를 끄덕였다. 서리는 조명을 최대한 밝게 올렸다. 태양이 다시 인상을 썼다.

"난 혜성이 친구야. 이름은 태서리. 6개월 전에 세상이 다 얼어붙었어. 거기까지는 알고 있지?"

태양은 대답 대신 서리의 얼굴을 뚫어져라 보았다.

"그렇게 빤히 보니까 되게 불편하네."

"미안. 정신이 없어서."

태양은 순순히 사과했다. 서리는 한숨을 쉬며 다시 이어 말했다. 엄청 춥고 눈보라 치던 날을 기억하는지. 태양은 알고 있다고 대답했다. 그럼 이제 다음 얘기로 넘어갈 수 있었다. 서리는 그 시점에 지구가 통째로, 그러니까 모든 생명이 한꺼번에 다 얼어붙었고 지금까지 조금도 녹지 않았다고 알려 줬다.

"내가 입고 있는 슈트 보여? 이걸 입으면 냉동을 피할 수 있어. 그리고 이건 해동기라는 건데 언 인간들을 안전하게 녹일 수 있고. 굉장하지? 내가 여기 있는 이유는 혜성이가 형을 녹여 달라고 부탁했기 때문이야. 혜성이는 지금 우리 집에서 형이 돌아오길 기다리고 있어. 그러니까 이 슈트 입고 슈즈 신어. 헬멧도 쓰고. 바로 출발할 거야. 우리 집에서 지내면 안전하거든. 살면서 필요한 웬만한 것은 다 해결할 수 있고."

"그럼 지금 사람들이 거기 다 대피해 있어? 모두 다?"

"아니, 다 녹일 순 없어. 자세한 것은 집에 가서 알려 줄게. 나 더는 여기 있기 싫거든."

태양은 뭐가 문제인지 불쾌함이 섞인 한숨을 쉬었다. 고맙다는 인사를 기대한 서리는 이해할 수 없는 반응이었다.

"그러니까 지구의 모든 생명체가 다 얼어붙었는데, 넌 얼지 않고 멀쩡하게 살아남았다는 거지?"

"난 슈트를 입었으니까 얼지 않았지."

"그 슈트는 누가 준 건데? 누군가는 이렇게 될 걸 알고 대비했다는 뜻이잖아."

"슈트는 우리 할머니가 줬어. 왜 치매 걸린 괴짜 과학자가 외계 생명체니 지구 냉동이니 얘기해서 떠들썩했잖아. 공부하느라 세상 돌아가는 얘기는 하나도 몰라?"

태양은 대답하지 않았다. 하긴 시험 외에 관심을 둔 적이 없다면 세상이 어떻게 돌아가는지 몰랐을 수도 있었다.

"그러니까 외계 생명체가 지구 얼릴 거라는 얘기가 진짜고, 너희 할머니가 그 과학자라고?"

역시 누구도 모르고 지나가기 어려울 만큼 떠들썩한 얘기이긴 했다. 그렇지만 믿든 말든 상관없었다. 그런다고 지구 온도가 오르는 것도 아니니까. 서리는 태양이 따라 나설 것인지 말 것인지만 알고 싶었다. 사실 선택지는 하나였다. 무조건 함께 가야 했다. 혼자서 이곳에서 생존할 수는 없었다. 태양이 똑똑한 머리로 이걸 빨리 이해하길 바랐다.

"그럼 여긴 어디야?"

추궁이라도 하는 듯한 태양의 말투에 서리는 기분이 별로였다. 여기까지 오는 게 쉬운 여정은 아니라 체력도 인내심도 바닥난 상태였다.

"여기? 여긴 오빠네 집이지. 내가 집 안에 텐트를 설치했어."

"우리 엄마는? 아빠는? 나보다 먼저 녹였어? 아니면 나만 녹였어? 왜?"

"혜성이 형을 녹여 달라고 했고, 다른 가족은 아직. 나머지는 혜성을 만나서 물어보는 게 어때?"

서리는 짜증을 숨기지 않았다. 누군가를 깨웠을 때 상상한 반응은 이게 아니었다. 태양은 잔뜩 찌푸린 미간을 풀지 않았다. 조명이 밝아서는 아닌 것 같았다. 얼굴이 아직 덜 녹아서 줄곧 똑같은 표정을 짓고 있나 하는 의심이 들었다.

"세상 사람들을 다 깨울 순 없어. 공간도 없고, 식량도 그렇고, 살아가는 데 필요한 게 한두 가지가 아니잖아."

이렇게 말한 서리는 순간 소름이 돋았다. 언젠가 서진이 서리에게 한 잔소리가 서리 입에서 그대로 나왔기 때문이다.

서진이 떠오르자 더는 여기 있고 싶지 않았다. 태양도 녹였겠다, 집으로 빨리 돌아가 언니가 괜찮은지 확인해야 했다. 그러고 뜨거운 물에 목욕을 하고, 따뜻한 음식을 먹고, 푹신하고 편한 침대에 누워 잠을 자고 싶었다. 서진의 쏟아지는 잔소리도 듣고 말이다.

"난 안 가."

서리는 너무 피곤해서 잘못 들었나 귀를 의심했다. 돌아가지 않으면 여기서 혼자 어떻게 살려고?

"안 간다고? 잘 들어요. 지금 날 안 따라가면 여기서 혼자 지내야 해요. 내가 여기에 텐트랑 가진 먹을거리를 모두 놓고 가도 일주일을 버틸까 말까예요. 그 이후로는 그럼 어떻게 되겠어요? 설마 다시 얼고 싶어요?"

태양은 자기가 대답할 차례라는 것도 이해하지 못한 듯 가만있었다. 서리는 무거워진 눈꺼풀을 치켜뜨며 설명을 이어 나갔다.

"해동되면 바로 마셔야 하는 물이 있는데. 방금 마셨죠? 그거예요. 그 약수를 마시면 다시 몸이 냉동돼도 안전해요. 몸에 손상 없이 다시 얼 수 있어요. 단 한 달은 지나서 얼어야 해요. 그러니까 정 다시 얼고 싶다면 한 달만 참아요. 한 달 짧잖아요. 동생이랑 지내면서 수다 좀 떨다 보면 시간이 금방 갈 거예요. 여기까지 이해됐어요?"

서리는 태양이 질문을 멈출 수 있도록 아주 차근차근 설명하려 노력했다. 이렇게 했는데도 태양이 언다고 한다면 그걸 막을 권리도 방법도 서리에겐 없었다. 녹이면 끝인 줄 알았지 이런 설득까지 필요할 줄은 몰랐다. 대체 뭘 어떻게 하고 싶은지 명확히 말해 주면 좋을 텐데. 그냥 모든 게 마음에 안 들고 화가 나 시비를 거는 듯했다.

"날 왜 깨웠어!"

태양이 갈라진 목소리로 성을 냈다.

"그건 동생한테 물어봐요! 혜성이가 깨우고 싶다고 했다니까요?"

서리는 지지 않고 맞받아치며, 혜성이 형을 깨우고 싶다고 했지 꼭 깨워 달라고 간청한 적은 없었음을 떠올렸다.

"깨어난 게 싫어요? 지금 얼마나 많은 사람들이 다시 녹을 가망도 없이 얼어 있는 줄 알아요? 지구는 사실 끝났어요. 행성 이주를 준비해도 지금 냉동된 인간들은 그때까지 생존하기 어렵다고요. 그러니까 녹은 게 선택받았다는 생각은 안 들어요?"

서리는 자기가 언제부터 존댓말을 쓰고 있는지 의아해하면서도 쉬지 않고 쏘아붙였다.

"선택? 그러니까 네가 신이라도 된 것처럼 날 선택한 거란 말이지?"

혜성이 늘 자랑스레 얘기한 형은 이렇지 않았다. 생각이 엄청 깊고, 화를 낸 적이 한 번도 없이 마음이 넓다고 했다. 고3 생활이 사람을 예민하게 만든 건지 아니면 녹는 과정에서 성격이 얼음 조각처럼 뾰족하게 변하는지 의심스러웠다.

"그런데 혜성이 형 맞아요?"

"참 빨리도 확인하네."

태양이 치는 코웃음에 서리의 마음은 '죽든 말든 알게 뭐람.' 하고 삐뚤어질 것만 같았다. 하지만 그럴 수 없음을 잘 알았다.

서진의 경고대로 인간을 녹이는 데는 위험이 따르고 기약 없는 책임도 따랐다. 태양을 여기에 두고 떠날 수 없으니 어떻게든 설득해서 데려가야 했다. 이다음 일은 혜성이 알아서 할 테니까.

"다 좋아요. 맘대로 하세요. 그래서 안 따라가면 여기서 어떻게 하려고요?"

"녹기 전으로 돌아가고 싶어. 근데 그건 안 된다는 말이지? 난 다른 사람들이 깨어날 때 함께 깨어날래. 수능도 봐야 하고."

"그러니까 바라는 게 수능 보는 거예요? 지구가 이 난리인데 수능이라니!"

다시 얼고 싶은 이유가 수능이라니 기막히는 소리였다.

"계속 얘기하고 있지만 다시 어는 것은 그쪽 자유예요. 불가능하지도 않고요. 얼더라도 한 달 뒤에만 해 줘요. 안 그러면 몸에 문제 생기니까."

"무슨 문제?"

"그건 몰라요. 알고 싶지도 않고. 그렇지만 뭐……. 얼면 온갖 문제들도 같이 얼 테니까 상관없겠네요."

서리는 더는 같은 말을 반복하지 않겠다는 듯 정색하며 슈트, 슈즈, 헬멧을 태양에게 내밀었다.

"입고 나와요. 나는 밖에 있을 테니까."

텐트 밖으로 나오자 찬기에 화가 식었다. 그리고 기분이 끝도 없이 가라앉았다. 감기 기운이 도는 건지 이런 느낌은 처음이었다. 저 태양이라는 사람이 언니 서진과 만나면 어떤 대화가 펼쳐질지 상상만으로도 우울해졌다. 서진은 서리가 사고를 쳤다고 생각할 게 뻔했다. 녹은 태양이 기뻐하고 고마워해야 그나마 변명이라도 할 텐데. 고생해서 녹인 보람도 없게 이렇게 나올 줄이야. 악마 같은 기유진도 자신이 녹았다는 사실만큼은 안도했는데.

텐트 안쪽에서는 인기척이 없었다. 서리는 텐트 가까이로 다가가 고개를 기울였다.

"옷 갈아입고 있죠?"

태양이 헬멧을 쓰기 전이라면 서리의 목소리가 잘 들리지 않을 테니까 되도록 크게 외쳤다. 안에서는 아무 말도 들리지 않았다. 서리는 더 기다릴 수 없어서 텐트로 다시 들어가려 했다. 그때 태양이 옷을 다 입고 밖으로 나왔다. 내색하고 싶지 않지만 마음이 놓여 웃음이 나왔다.

"기다려요. 텐트랑 물건 얼른 정리할게요."

"응!"

옷을 갈아입으며 상황 파악이 됐는지 선뜻 대답했다. 짐을 챙기는 서리를 옆에서 거들어 주기까지 했다.

"혹시 너 머무는 공간에 책 같은 거 있어?"

태양이 침묵을 깨고 물었다. 책? 책이라면 아주 많았다. 도서

관보다 서점에 가까운 공간이 지하에 있었다. 쓸 일 없어 보이는 계산대 같은 것도 있었다. 돈을 내고 책을 가져가야 하나 망설여질 만큼 진짜 서점 같았다. 책을 들고 빠져나올 때마다 서가 어딘가에서 점원이 튀어나와 계산을 안 하고 가져간다고 무섭게 혼을 낼 것 같았다. 그 이유만은 아니지만 서리는 자주 가지 않는 공간이었다.

"소설이요? 만화? 뭐 읽고 싶은데요?"

"아니. 그런 거 말고……. 참고서 같은 거."

태양은 뜸들이다가 원하는 것을 말했다. 서리는 잘못 들은 줄 알았다.

"뭐라고요? 참고서요?"

"한 달 동안 공부라도 해 두면 시간 낭비는 아닐 테니까."

"참고서 있긴 해요."

태양을 집으로 데려가려고 거짓말로 둘러댄 것은 아니었다. 정말로 참고서가 있었다. 빙하 시대에 어울리지 않는 책이 너무 많았다. 아기용 사운드 북과 촉감 책, 주식이나 부동산 서적까지. 서가만 보면 지구가 얼어붙을 일은 영원히 없을 것 같았다. 외계 생명체 방어법, 행성 이주법, 극한 상황 생존법, 무인도에서 시간을 보내는 법 같은 책이 있다면 좋았을 텐데.

서리는 지구가 녹을 가능성이 희박하지만 그런 날이 와도 수능을 보긴 어려울 거라는 말은 참기로 했다. 생각이 다른 타인을 설득하고, 이해시키는 데 진짜 많은 에너지가 필요함을 새삼 깨달았다. 지금은 에너지를 아껴 두어야 집에 돌아갈 수 있다.

태양은 서리의 대답에 만족했는지 녹은 뒤 처음으로 미소 비슷한 것을 지었다. 서리 역시 혜성이 보일 반응이 떠올라 미소가 지어졌다. 형이 한 달 동안 입시 공부를 하며 남들보다 조금 더 공부할 시간을 벌었다고 만족해하는 이 모습을 혜성은 이해할 수 있을까? 아마 아닐 거다. 이래서 같은 생각과 감정을 공유할 누군가 있다는 것은 좋은 일이었다.

"너! 사람들 더는 녹이고 다니지 마. 알았어?"

"제 덕분에 공부할 시간 생겨서 좋은 거 아니었어요? 다른 고3만 안 깨우면 되잖아요!"

"공부 더 안 해도 내가 뒤쳐질 일은 없어. 그냥 한 달이라는 시간을 헛되게 쓰고 싶지 않을 뿐이지."

서리는 '그러시겠지요.' 하고 마음속으로 외쳤다. 이제는 지체 없이 떠나야 했다. 쓸데없는 실랑이에 1초도 더 쓰고 싶지 않았다. 바로 출발하면 5시 무렵에는 집에 도착할 것이다. 서리는 태양이 부디 혜성의 반만이라도 운동 신경이 있기를 바랐다. 튜브에 집 주소를 입력하고 자동시켰다. 아파트 밖에 정지 비행 시켜 둔 튜브에도 목적지를 동기화했다.

둘은 현관을 빠져나와 얼어붙은 계단을 타고 내려갔다. 바닥

표면이 울퉁불퉁하고 날카로운 데가 있어서 미끄럼틀처럼 타고 내려가기는 곤란했다. 슈트가 찢어질지 몰랐다. 슈트가 상하면 어떤 일이 벌어질지는 상상하고 싶지 않았다.

"몸은 어때요? 어디 불편한 데 있어요?"

"얼기 전에 컨디션이 별로 안 좋았어. 아파서 학원 못 가고 집에 있었던 거니까. 너희 집에 혹시 감기약이나 다른 상비약도 있니?"

서리는 당연히 있다고 얘기하며, 피로에 찌든 병약한 수험생을 집까지 무사히 잘 데리고 가자고 각오를 다졌다. 시간을 되돌린다면 절대로 태양을 녹이지 않겠지만 이미 녹였으니 서리가 책임져야 했다. 기유진에게는 전혀 느낀 적 없는 책임감이다.

"잘 따라와요. 신발로 바닥을 찍듯이 걷는 게 좋아요."

"알았어."

태양은 묵묵하게 서리의 뒤를 쫓았다. 조금 걷자 경사가 몹시 가파른 내리막길이 나왔다. 몸이 앞으로 쏠릴 수밖에 없는 각도였다. 붙잡고 내려갈 만한 것이 하나도 없었다. 올라갈 때 어떻게 내려갈지를 고민했어야 했는데. 서리는 이번 여정에서 스스로를 되돌아보는 시간을 자주 가지며 서진의 잔소리를 이해하게 됐다. 일단 돌진하고 보는 습성, 돌아갈 길은 생각하지 않는 대책 없음. 그런 사람에게 딱 어울리는 길이 눈앞에 펼쳐져 있었다. 서리는 태양과 나란히 서서 가파른 내리막길을 쳐다보았다. 튜브는 저 혼자서 앞으로 유유히 나아가고 있었다.

"너, 여긴 어떻게 올라왔어?"

태양이 빈정대는 게 아님을 서리는 알았다. 그런데도 서리의 귀에는 "올라왔는데 내려가는 방법은 몰라? 어쩜 이리 대책이 없어?" 하고 나무라는 것처럼 들렸다.

"너 이 정도로 무모하게 날 녹이러 온 거야? 내가 뭐라고……."

태양은 뒤늦게 감탄과 고마움 같은 게 찾아온 모양이었다.

"아주 힘들게 오긴 했죠."

"여기를 미끄럼틀처럼 타고 내려가면 어떨까?"

서리도 같은 생각을 하고 있었다. 위험하긴 하겠지만 밟고 내려가긴 불가능한 경사였고, 다른 수가 떠오르지 않았다.

"그럼 내가 먼저 해 볼 테니까 따라와."

태양은 곧장 쪼그려 앉더니 말릴 겨를도 없이 바닥을 미끄러져 내려갔다. 서리의 눈에 오른쪽 커브에 뾰족하게 솟은 얼음이 들어왔다. 서리는 불길해졌다. 몸의 중심을 잘 바꿔야 하는데 태양이 그런 계산을 했을지 확인하지 못했다. 이제 보니 태양도 서리처럼 일단 저지르고 보는 유형인가.

금세 태양이 시야에서 사라졌고, 미세한 바람 소리가 헬멧을 통해 들려왔다. 그러다 곧 '픽!' 하는 둔탁한 소리에 이어 '악!' 하는 외침이 들려왔다. 충돌과 부상이었다. 심장이 쿵 내려앉았다.

"왜 그래요? 괜찮아요?"

서리는 곧장 미끄러져 내려갔다. 두 차례 얼음벽과 충돌이 있었지만 탈 없이 평지에 다다랐다. 태양이 오른 허벅지를 손으로 감싸고 고개를 숙이고 있는 게 보였다. 통증에 어쩔 줄 몰라 하는 신음소리가 헬멧으로 들려왔다. 슈트가 찢어져 있었다.

"텐트를 다시 칠 테니까 그 손 떼지 말고 버텨요!"

슈트가 찢어진 것은 서리도 처음 봤다. 어떻게 이럴 수 있지? 슈트는 완벽할 텐데. 서리는 앞서가는 튜브를 붙잡아서 일단 정지시켜 두었다. 튜브를 잃으면 집에 돌아갈 수 없었다. 정지시킨 튜브에서 작은 텐트를 끄집어내려는데 다른 물건들이 우수수 떨어졌다. 물병에 든 물이 순식간에 얼어붙었다. 태양은 그걸 보고 충격을 받은 눈빛이었다. 서리도 오싹하긴 했다. 서진의 당부대로 서랍이든 어디든 물건을 넣을 때는 차곡차곡 넣어야 했다. 필요한 것을 하나 꺼낼 때마다 원치 않는 다른 것들이 다 따라 나오는 일을 막고 싶다면.

"자…… 이제 손 떼도 돼요."

텐트 안이라 냉한 공기는 더는 들어오지 않았다. 그렇지만 겁이 나는지 태양은 쉽사리 손을 떼지 못하고 떨고 있었다. 서리는 태양의 손 위에 자기 손을 포개고 천천히 손을 떼게 했다. 슈트는 다행히 엄지손가락 한 마디 정도 찢겨 있었다. 찢어진 틈으로 용암처럼 시뻘건 상처가 보였다. 냉기에 집중적으로 공격을 받으면 이렇게 되는구나. 서리는 오만 인상을 쓰며 마치 자기가 다친 듯 신음을 뱉었다. 서진의 말대로 얼음 인간은 녹이지 말아야 했다. 지금 태양이 다친 것은 누구의 잘못일까. 태양의 잘못이 아니었다. 그럼 앞으로는? 앞으로도 태양이 몸이 다치거나, 마음이 무너진다면 그것은 다 서리의 탓일 테다.

"너무 걱정 마. 머리는 안 다쳤어."

듣기에 섬뜩한 말인데 농담이었는지 태양은 마구 웃었다. 욕이나 원망하는 말을 했더라도 이번만큼은 가만 들었을 텐데.

"미안해요."

서리는 속삭여 말했다. 태양이 느끼는 고통이 서리에게 그대로 연결돼 전해지는 느낌이었다. 다쳤을 때 쓸 수 있는 약은 아무것도 준비해 오지 않았다. 다친다는 것은 서리의 예상에는 없었으니까. 무신경하게 소화제와 두통약 같은 것만 가져왔다. 아, 두통약이 도움이 될 수도.

"두통약을 줄게요. 통증을 덜어 줄 거예요."

"어, 먹을게. 머리도 지끈거렸거든. 이 옷도 갈아입으면 되지?"

여벌로 챙긴 새 슈트가 있었다. 서리는 슈트와 두통약, 그리고 얼지 않은 생수를 건넸다. 슈트를 하나 더 챙긴 것이 정말 다행이었나. 아니었다면 태양을 여기 두고 서리 혼자 집으로 돌아가서 슈트를 챙겨 다시 와야 했을 것이다. 생각하니 머리가 아파서 서리도 두통약을 먹었다.

태양이 편히 옷을 갈아입을 수 있게 서리는 자리를 피했다. 슈트 입기가 힘든지 중얼거리며 끙끙거리는 소리가 헬멧으로 들렸다.

"나 다 입었고, 상처도 참을 만하니까 우리 빨리 가자."

태양은 걸을 때마다 상처가 쓸리는지 신음을 뱉었다.

"야, 근데 정말 얼어 있는 게 더 편하겠다."

"미안해요."

서리는 사과밖에 할 말이 없어 의기소침해졌다.

"아니야. 뭐, 나야 네 말대로 시간도 벌고 좋지. 세상에 거저 얻는 게 어디 있겠어."

진짜 좋은 건지 비웃는 건지 헷갈렸다. 혜성이라면 단번에 구분할 수 있을까 궁금해졌다.

둘은 아파트 단지를 빠져나왔다. 얼마 걷지 않았는데 태양이 숨을 몰아쉬었다. 서리는 태양의 보폭에 맞추어 속도를 늦추었다.

"아파서 멈춘 건 아니고. 믿기지 않아서."

태양은 수시로 멈춰 섰고, 그때마다 통증 때문이 아니라고 말하며 주위를 두리번했다. 얼어붙은 나무에서, 바위로, 텅 빈 뿌연 하늘로 시선을 옮겼다. 그러다 누군지 모를 얼음 인간을 마주친 순간, 태양이 겁을 먹고 숨을 삼켰다. 공포로 몸이 굳은 게 서리에게도 느껴졌다. 서리는 이미 경험한 일이라 이해했다. 믿기지 않겠지. 그러나 괜찮아질 거다. 아무리 말이 안 되는 충격적인 상황도 계속되다 보면 곧 눈에 익어 둔해진다. 수시로 멈춰 서던 태양은 한 시간쯤 지나서는 멈추는 일이 없었다.

그렇게 적응한 태양이 다시 걸음을 멈추었다. 무엇을 봤을까. 백색 얼음과 얼음, 또 얼음. 불투명도의 차이만 있을 뿐 새로울 것이 없을 텐데? 저 멀리 태양의 시선이 붙들린 지점을 서리도 쫓아 보았다. 검은색 물체가 바람에 흔들리고 있었다.

서리의 머릿속에 광풍이 불기 시작했다. 튜브는 아니었다. 튜브 말고 얼지 않는 게 또 있었나? 그게 뭐지? 외계 생명체? 서리는 태양을 앞질러 빠르게 걸었다.

"야, 같이 가야지!"

뒤에서 태양이 부르는 소리가 들렸다. 그러나 서리는 속도를 줄이지 않고 전속력으로 나아갔다.

그 물체가 뭔지 의심할 여지없이 확실해진 순간, 서리는 그대로 기절할 뻔했다.

"어떻게 된 거야?"

서리는 머리를 감싸며 비명을 질렀다. 하얗게 성에가 낀 텐트가 있었고, 그 옆에 슈트를 어깨에 두른 얼음 인간이 있었다. 시진이라면 덴트를 이렇게 내버려 뒀을 리 없었다.

"야! 저기 튜브 가잖아! 내 말 안 들려?"

서리의 헬멧은 고장 나지 않았다. 태양의 말은 똑똑히 잘 들

렸다. 하지만 서리는 꼼짝도 안 했기 때문에 할 수 없이 태양이
튜브를 붙잡기 위해 뛰어야 했다.

2

"문제가 생긴 거지? 맞지?"

태양이 재촉해 물었다.

"조용히 좀 해요!"

서리는 눈앞에 펼쳐진 광경이 뭘 의미하는지 추리해야 했다. 큰 사고가 터졌다는 것은 알겠고, 이 얼음 인간이 누구인지 알아야 했다. 원래 이 자리에 얼음 인간이 있었던가? 그건 의미 없는 질문이었다. 확실한 것을 토대로 따져 봐야 했다. 얼음 인간의 어깨에 슈트를 묶을 수 있는 사람이 누가 있지. 서리가 아는 후보는 셋뿐이었다. 태서진, 김혜성, 기유진.

얼음 인간은 서진은 아닐 것이고, 혜성도 아니었다. 그렇다면 기유진이었다. 밤중에 튜브를 쫓아 이동하는 일은 너무 위험했고, 기유진은 살고 싶지 않아 생을 포기하기로 했을 수 있다. 그래서 얼은 것이다. 서리는 보이는 대로가 아닌 믿고 싶은 대로 해석하고 있었다.

"음……. 비교적 최근에 얼어붙었나? 다른 얼음 인간들보단 투명해."

태양은 혜성일 수 있다는 생각은 안 하는지 보이는 대로 말했다. 서리는 얼음 속을 들여다보려고 눈에 힘을 주었다. 안은 조금도 보이지 않았다. 서진, 혜성, 유진은 공교롭게 키도 고만고만해서 높이로는 짐작이 어려웠다.

"계속 여기 있을 거야? 궁금하면 너 해동기 쓰면 되잖아. 뭐가 문제야?"

혜성이나 유진이라면 녹이는 중에 치명적 손상이 생겨 죽거나 머지않아 죽을 수도 있는 문제? 둘 다 약수를 마신 지 한 달은커녕 일주일도 되지 않았다.

"일단 가자. 여기서 뚫어져라 봐도 누군지 알 수 없어."

태양의 말이 맞았다. 혼자가 아닌 것이 도움이 됐다. 서리만 있었다면, 여기를 벗어나는 데 더 오랜 시간이 걸렸을 것이다. 영원히 벗어나지 못했을 수도.

"가요."

서리는 태양과 함께 다시 길을 떠났다. 둘 다 속도를 유지하며 걷고 또 걸었다. 이렇게 가다 보면 집에 닿을 테고, 집에 누가 없는가로 얼음 인간이 누구인지 알 수 있을 것이다. 기유진이라면 그냥 일이 이렇게 됐구나 받아들이면 될 일이었다. 혜성이라면 너무 큰 문제였고 어떻게 해야 할지 막막했다. 서진이라면 녹이면 되지만, 왜 얼어붙었지? 사고일까, 자발적일까? 사고라면 기유진이 얽혀 있을까? 자발적이라면 어떻게 서리한테 이럴 수가 있을까? 태양이 서리의 생각을 멈추게 했다.

"쉬었다 가도 되나?"

태양의 숨소리에 고통스러운 앓는 소리가 섞여 있었다.

"네. 잠깐 쉬어요."

서리는 앞서 가는 튜브를 세우고, 텐트를 쳤다. 텐트가 완성되고, 접이식 의자에 앉자마자 지금 쉬지 않고 집까지 가는 건 무리였다는 생각이 들었다. 손 하나 까딱하기 힘들 정도로 체력이 바닥났다.

"상처 괜찮아요?"

"뭐, 안 좋지."

"아파요?"

"신경 쓰지 마. 내 상처니까."

찬바람 부는 대꾸로 태양은 선을 그었다. 자신에게 벌어지는 모든 일, 모든 감정이 서리와 무관하다고 말하는 느낌이라 오히려 미안해졌다. 서리는 에너지바와 보리차 한 잔을 태양에게 건넸다. 미지근해진 보리차는 딱 한 잔만 남아 있었다. 서리는 차가운 생수를 허겁지겁 넘겼다.

"너 마셔."

태양이 잔을 양보했다.

"난 이게 더 좋아요."

태양은 이번에는 거절하지 않았다.

"언니랑 둘이서 반년 넘게 지냈다고? 대단하네."

"뭐가 대단해요?"

"세상은 다 얼어 있는데 둘이서 살아남은 거, 되게 생각해 볼 지점이 많겠어. 나중에 사람들 다 녹고 나면 너희 둘이 보낸 시간이 역사에 들어갈까? 아니면 그냥 정지된 시간, 없는 시간으로 칠까?"

그러니까 태양은 냉동된 세계에서 외롭게 살아남은 둘에게 감탄한 게 아니라 지구가 녹았을 때 벌어질 논쟁이 흥미로운 모양이었다. 자기도 이제 녹았으면서 얼어 있는 사람들과 여전히 같은 편에 서 있는 게 우스웠다. 정말로 다시 얼 작정인가? 어쩔 수 없이 어는 것과 스스로 선택해서 어는 것은 다를 텐데. 서리는 번지점프를 해 본 적은 없지만 그것 이상으로 자신을 내던지는 일이 될 거라 생각했다. 발목에 무엇을 묶어야 어는 선택이 가능할까.

"그런 논쟁이 벌어지긴 어려울 거예요. 이제 가죠, 더 있으면 어두워져요."

20분 정도의 짧은 휴식이었지만 기운을 회복하는 데 큰 도움이 되었다. 적어도 집까지는 걸어갈 수 있을 것 같았다. 출발하자는 말에 태양은 싫은 기색 없이 자리에서 일어났다. 관찰력이 좋은지 서리가 텐트를 정리하는 데 그새 손을 보탰다.

둘은 일정한 보폭을 유지하며 집까지 나아갔다. 다리에 감각이 느껴지지 않은 지 오래였다. 해가 지고 있어서 공기는 더욱더 차가워졌다. 한기가 몸을 파고들었다. 이러다 추위에 죽겠다 싶을 때 눈앞에 백색 아닌 다른 게 펼쳐졌다.

"저기 봐! 저게 뭐야?"

"튜브예요. 우리 집까지 가는 길을 따라 누가 튜브를 설치해 뒀어요."

그 누군가는 당연 서진뿐이었다. 서리는 집이 가까워지자 마음이 붕 들떴다. 이렇게 튜브를 설치하는 마음이라면, 얼음 인간이 서진은 아니겠구나 하는 희망이 솟았다. 그러나 집이 눈앞에 들어오자 기쁨이 줄고 두려움이 커졌다. 문을 열면 이제 무슨 사고를 쳤는지 알게 되겠지.

"저기가 너희 집이야? 되게 작은데."

세상이 얼기 전이라면 무례한 말로 들렸겠지만 서리는 아무렇지도 않았다.

"보기보다 커요."

서리는 문을 두드렸다. 이제껏 문을 두드리고 집에 들어간

적이 없었는데. 서진이 지하에 있는지 안에서 아무런 인기척이 없었다. 결국 서리는 직접 문을 열고 크게 외쳤다.

"언니! 나 왔어!"

에어커튼이 자동으로 작동돼서 편리했다. 태양은 눈치 빠르게 서리의 뒤에 바짝 붙었다. 문을 하나씩 통과할 때마다 점점 따뜻해진 공기가 둘을 맞았다. 아늑한 온기는 '안전하다'는 느낌이 들게 했다. 그러나 눈에 들어온 거실 광경은 일이 잘못 돌아가고 있음을 보여 주었다.

집은 엉망진창이었다. 소파에 옷가지가 늘어져 있고, 주방 쪽 수납장은 모두 열려 있었다. 그새 서진이 도둑이라도 녹인 걸까. 물건은 반드시 있어야 할 자리에 있어야 한다는 정리벽 서진이 이렇게 했을 리는 없었다. 서리가 알기로는 혜성도 깔끔한 편이었다. 그렇다면, 서진이 집에 없다는 뜻인가? 슈트를 걸친 얼음 인간이 서진이었을까.

"너희 되게 자유분방하게 산다."

태양은 헬멧과 신발을 벗고 소파 위로 털썩 쓰러졌다. 슈트를 갈아입지 않고 그대로 소파에 앉으면 서진이 싫어할 텐데. 집이 어지럽혀져 있으니 그래도 된다고 생각한 걸까.

"일단 쉬어요. 전 지하에 좀 다녀올게요."

태양은 대답할 힘도 없는지 눈을 감고 있었다. 서리도 어서 한숨 푹 자고 싶었다. 오랜만에 집에 돌아왔는데도 마음을 놓을 겨를이 없다니.

지하 공간으로 향하는 출입문은 굳게 잠겨 있었다. 둘이 있을 때는 잠글 필요가 없어서 늘 열어 둔 공간이었다. 서리는 손바닥 인식과 얼굴 인식으로 잠긴 문을 열었다. 계단을 내려가는데 다리가 후들후들 떨려와 난간을 붙잡았다.

"언니, 여기 있어?"

서리는 두 번째 철문을 열며 큰 목소리로 외쳤다. 그때 물음에 답하듯 쿵쿵 소리가 들려왔다.

"대체 뭐야?"

서리는 혼잣말을 하며 뛰었다. 소리는 식당 쪽에서 나고 있었다.

식당 문에 난 정사각형 유리에 기유진이 얼굴을 딱 붙이고 있었다. 기괴한 표정에 서리는 꽥 소리를 질렀다. 기유진은 서리와 눈이 마주치자 섬뜩한 미소를 지었다. 기유진이 해동 부작용으로 미쳐 버린 것은 아닌지 염려되었다. 미친 사람과 같이 지내고 싶지는 않았으니까. 그간은 방음이 되는지 몰랐는데, 식당 안의 소리가 밖으로 잘 들리지 않았다. 하지만 문을 열어 달라는 뜻인 것은 충분히 전달됐다.

서진은 어디에 있지? 이 정도 소란을 서진이 모를 수 없었다. 혹시 여기 기유진을 가둬 둔 게 서진일까? 서리는 식당 출입문에 손바닥을 스캔하려다 떼고 다시 안을 보았다. 기유진에게

문에서 떨어지라고 손짓했다. 알아들었는지 기유진이 순순히 물러섰다. 유진이 물러서자 내부가 보였다. 누군가 벽에 기대 쪼그려 앉아 있었다. 혜성이었다. 왜 저러고 있지? 서리는 안에 서진이 없음을 확인했다. 일이 완전히 이상하게 돌아가고 있었다. 그러니까 밖에서 만난 얼음 인간이⋯⋯.

서리는 그 자리에 얼어붙었다. 발목을 타고 한기가 올라왔다. 귓가에 쿵쿵쿵 소리가 어지럽게 울려 댔다. 기유진이 또다시 문을 두드리는 것은 아니었다. 서리의 심장에서 나는 소리였다.

❄

눈을 떴을 때 태양이 보였다. 태양이 찬물 한 바가지를 서리의 얼굴로 쏟아부은 것이다. 이왕이면 미지근한 물이면 좋았을 텐데 센스가 없었다. 하필 찬물이야. 서리는 눈을 뜬 채 그런 생각을 했다. 천장이 여전히 빙빙 돌았다.

"야, 괜찮아?"

태양이 물었다. 서리는 온 힘을 다해 자리에서 일어나려다 주저앉았다. 문 두드리는 소리가 다시 들렸다. 이번에는 혜성이었다. 눈물로 번들대는 얼굴로 손을 흔들고 있었다. 저 안에 기유진만 혼자 갇혀 있다면 서리는 서진을 찾을 때까지 문을 열지 않았을 거다. 식당이 없어도 식사는 얼마든지 가능했으니까. 하지만 혜성을 저기 가둬 둘 순 없었다.

달칵, 굳게 닫힌 철문이 경쾌한 소리를 내며 열렸다. 유진이 스프링처럼 안에서 튀어나왔다.

혜성은 서리와 태양을 보고 기쁨을 주체하지 못했다. 하지만 서리가 얼마나 큰 충격과 절망에 젖어 있는지 알기에 웃지는 않았다.

"우리 언니 어떻게 됐어?"

서리가 혜성에게 물었다.

"내가 말할게."

기유진이 나섰다.

"아니, 혜성이 네가 말해. 넌 끼어들지 말고."

기유진이 나선다고? 서진이 얼어붙은 게 기유진과 관련이라도 있단 말인가. 서리는 기유진 때문에 서진이 또다시 고통을 겪지 않기를 바랐다.

혜성은 서진이 어떻게 하다 얼어붙게 되었는지를 침착하게 설명했다.

"그러니까 나를 찾으려고 우리 언니랑 혜성이 네가 집을 나온 거라고?"

서리의 말에 자책이 담겨 있었다.

"이런 얘기는 처음 듣네."

기유진이 의미심장하게 중얼거렸다.

"뭐 그렇긴 해도 서리 네 잘못은 아니지. 쟤가 문제야."

혜성이 기유진을 쳐다보며 말했다. 서리는 혜성이 들려주는 얘기를 따라 그날 상황을 머릿속에 재현해 보았다. 끔찍한 악몽인 기유진이, 절대로 현실에서는 만날 리 없는 그 유진이 눈앞에 나타났다. 서진은 슈트도 입지 않은 상태에서 반사적으로 텐트 밖으로 도망쳐 버렸다.

"우리 언니는 진짜 침착한 사람인데 뭘 했기에 우리 언니가 그랬을까? 자, 말해 봐. 다시 얼고 싶지 않으면."

서리는 기유진을 노려보며 말했다.

"날 다시 얼리겠다고? 그래, 얼려! 넌 네가 피해자라고 생각하지? 날 녹인 그 순간 너는 가해자야. 날 살린 게 아니라 죽인 거지. 넌 살인자야. 양심을 좀 챙겨."

"지금 떠드는 인간은 그럼 뭐야? 유령인가? 너 되게 순진한 척한다. 약삭빠른 인간이 상황이 파악이 안 돼? 살인은 네가 세상이 얼기 전 우리 언니한테 저지른 짓이고. 지금 내 양심에 호소해 보려고? 넌 양심이 없는데 다른 사람은 있어야 해? 네가 양심이 뭔지는 알아? 너, 진짜 재밌다. 우리 언니는 착하니까 넘어갔겠지만 나는 달라. 네가 설명 안 해도 혜성이가 충분히 얘기할 수 있는 거 알지? 내가 누굴 더 믿을까? 난 그냥 말할 기회를 줘 본 거야."

기유진이 서리의 말에 조금도 동의할 리 없었다. 그렇지만 다시 얼고 싶지 않은지 누그러진 자세로 눈을 내리깔고 말했다.

"내가 서진이랑 잘 지내던 사이는 아니지. 그런데 뭐, 사과한다고 뭐가 달라지는데? 걔가 날 받아 주기는 한데? 너희 자매를 벗어나서 살 수는 있고? 난 내 나름으로 용기 내서 친근하게 인사한 거야. 그렇게 뛰쳐나갈 줄은 몰랐어. 서진이가 예측이 안 되긴 하잖아."

서리는 유진의 어수선한 말을 들으며 지금 같이 서진의 흉을 보자는 것인지 헷갈렸다.

"되게 포장해서 말하네. 너, 서진이 누나한테 '왕이시여, 인사드립니다.' 하고 빈정댔잖아. 그게 친근한 인사야? 난 아닌 것 같은데. 누가 봐도 아니지?"

혜성이 끼어들었다. 서리는 언니 서진이 얼마나 두려움에 짓눌렸을지 상상하니 또다시 아찔해졌다. 유진을 만나고 나면 그 애가 아무것도 아니라는 것을 똑똑히 확인하게 될 거고, 그럼 삶의 의욕이 다시 생길 거라고, 힘이 서진에게 있음을 깨달으면 다 좋아질 거라고 믿었는데. 전혀 그렇지 않았다. 서진은 스스로 얼어붙었다. 죽음과 다를 바 없다고 말해 온 그 상태로 직접 뛰어들었다. 서리는 기유진을 녹인 게 얼마나 경솔했는지 뼈저리게 깨달았다.

서리는 어깨를 움츠린 기유진을 매섭게 보며 뺨을 때렸다.

기유진이 도움을 청하듯 혜성과 태양을 봤다. 도와줄 리 없는데도 그냥 자연스럽게 나온 반응인 듯했다. 혜성과 태양은 아무 말도 하지 않았고, 나서지도 않았다.

"난 녹인 것은 너지. 그렇다고 네가 날 마음대로 할 권리는 없어. 내 말을 믿든 말든 그것은 네 자유지만. 난 정말로 앞으로 잘 봐 달라는 뜻으로 서진이한테 농담한 건데. 내가 무슨 말을 해도 서진이는 놀랐을 거야. 안 그래?"

서진 앞에 기유진이 등장한 게 문제였다. 무슨 말을 했는지는 중요하지 않다는 건 서리도 인정했다. 유진은 발개진 뺨을 손으로 감싸고 할 말을 다 했다. 어울리지 않게 눈에 눈물이 고여 있었다. 당연히 미안해서도 과거가 후회돼서도 아닐 거였다. 분을 참지 못해서겠지.

"너희 언니 녹이러 가야 하지 않아? 지금 바로 나가도 되나?"

잠자코 있던 태양은 서리가 진짜로 해야 할 일을 일러 주었다. 그제야 서리는 태양을 치료실로 데려가야 한다는 게 떠올랐다. 태양은 아직 슈트도 벗지 못하고 있었다.

"기유진, 넌 여기 있어. 아무것도 하지 말고. 우리 언니가 네 왕 맞아. 어떤 처분을 내릴지 기다려. 그게 뭐든 무조건 따라야겠지? 나라면 널 내쫓아서 다시 얼게 할 거야. 그런데 서진 언니는 감정에 따라 결정하는 편은 아니니까 잘 발버둥 쳐 봐."

기유진은 무슨 속내인지 잠자코 고개를 숙였다. 서리는 혜성

에게 태양을 일상복이 있는 곳으로 데려가서 옷을 갈아입게 도
와주라고 말했다. 혜성은 지하 공간을 꽤 파악해서 어디인지
알고 있었다.

"다 갈아입으면 둘이 같이 진료실로 와. 어디인지 알아?"

"응. 그런데 우리 형, 어디 안 좋아? 다쳤어?"

태양은 어깨를 으쓱하며 대꾸했다.

"조금 긁혔지, 아마?"

"조금은 아니야. 슈트가 찢기는 사고가 있었어. 상처가 제법
났고 아플 거야. 너한테는 미안해. 그래도 여기 진료실에서 웬
만한 치료는 다 가능하니까."

서리는 어떤 사고가 있었는지 혜성에게 짧게 들려주며 온 얼
굴을 찡그렸다. 듣는 혜성도 마찬가지였다. 그런데 정작 태양
은 평온한 얼굴이었다. 진통제의 효과가 이미 사라져 통증이
심할 텐데 어떻게 참고 있는지 알 수 없었다.

서리는 벽에 등을 기대고 멍하니 천장을 올려다보는 기유진
을 내버려두고, 복도를 걸어 계단을 올라 집으로 올라갔다. 어
둠이 가로막고 있어 당장 서진을 녹이러 떠날 수 없었다. 기유
진이 암흑을 뚫고 여기까지 온 건 기적 같은 일이었다. 불공평
하게도 말이다. 서리는 기유진이 높은 확률로 죽을 수 있나는
것을 알았다. 그래도 상관없었으니까 한 행동이었다. 먼저 시
작한 것은 기유진이니까.

서리는 내내 꿈꿔 온 자기 방으로 들어갔다. 편한 옷으로 갈아입고 세상에서 제일 편하고 익숙한 공간에 있는데도, 서진이 없으니 집에 왔다는 실감이 나지 않았다. 게다가 방은 누군가 들어온 흔적으로 엉망이었다. 누가 이랬는지 따질 것도 없었다. 기유진이었다. 무례한 기유진은 이 집의 주인들을 조금도 의식하지 않나? 아니면 서진이 얼음 인간이 됐으니까 영영 돌아오지 못할 거라고 여긴 걸까.

서리는 침대에 걸터앉아 멍하니 있다가 어수선한 마음으로 다시 지하로 내려갔다. 기유진이 아까 본 그대로 서 있었다. 서리가 옆을 지나가자 흠칫 놀라며 "배고파!" 하고 중얼거렸다.

"그래서 어쩌라고?"

서리는 날선 목소리로 대꾸했다.

"날 굶겨 죽일 거야? 얼려서 죽이는 게 아니라?"

"지금 밥 먹을 생각이 들어?"

"내가 여기 왜 갇힌 줄 알아? 냉장고가 안 열려서 힘을 줘서 열려고 했는데 갑자기 출입문이 다 잠겨 버렸어. 그래서 물만 마시며 굶었다고. 내가 얼마나 굶었는지 알아? 하긴 여기까지 살아 온 것부터 말도 안 되는 일이지."

지하 공간의 모든 출입구는 서진과 서리의 통제 아래 열고 닫을 수 있었다. 어떤 공간은 관리자를 추가하는 게 가능했지만 식품 저장고, 슈트와 튜브 그리고 해동기가 보관된 곳은 자매만 관리할 수 있었다. 기유진이 열려고 애쓴 냉장고는 고기 냉동고였다. 무엇으로 내려쳤는지 몰라도 손잡이 쪽이 움푹 찌그러져 있었다. 그렇게 충격이 가해진 순간 모든 출입구가 동시에 잠겨 버렸다. 이런 기능이 있는 줄은 서리도 몰랐다.

"선반 서랍장에 에너지바 있어."

서리는 기유진이 그걸 모르진 않을 거라 생각했다. 물만 마셨다니 거짓말이었다. 바닥에 에너지바 봉지와 부스러기가 어지럽게 흩어져 있었다. 이미 구석구석을 다 뒤져 봤겠지. 남의 집에서, 게다가 본인에게 호의적이지 않은 공간에 와서 이렇게 조심성 없이 군다고? 흠집 난 냉장고를 보니 폭력으로 엉망이 됐던 서진의 얼굴이 떠올라 울분이 올라왔다.

"알겠어."

서리가 냉장고를 보는 복잡한 시선을 알아챘는지 순순히 대답했다. 서리는 서랍장을 향해 망설임 없이 다가가는 기유진의 뒷모습을 보며 앞으로 에너지바 말고 다른 음식은 결코 주지 않을 거라고 다짐했다.

진료실 앞에서 혜성과 태양이 기다리고 있었다. 혜성은 서리가 다가오는 걸 알았을 텐데도 아는 체도 않고 발끝만 내려다보고 있었다. 서리는 혹시 태양의 상처 때문에 혜성이 자기에게 화가 난 건 아닌지 신경 쓰였다.

"잘 찾아왔네. 들어가자."

서리가 말하자 혜성이 바짝 다가와 귓속말을 했다.

"나 형한테 완전 혼났어. 자기 왜 깨웠냐고. 보통은 다 녹고 싶어 하지 않아?"

서리도 혜성과 같은 생각이었다. 녹고 나면 당연히 기뻐할 줄 알았다. 동생을 만난 이 순간에도 태양이 다시 얼어붙기를 여전히 바라는지 궁금했다.

진료실에서 기계를 제대로 쓰긴 처음이었다. 서리는 시험 삼아 써 본 적이 있지만 이제까지는 운 좋게도 진짜로 아픈 적이 없었다. 태양에게 써 보기 전에 태블릿으로 다시 한번 사용법을 익혔다. 피부에 상처가 났을 때, 환자를 진료용 의자에 앉히고 상처 부위를 스캔한다. 로봇 닥터가 처방을 내리고 치료가 시작된다. 아주 간단해서 서리가 해야 할 일은 많지 않았다. 전원 버튼을 누르고 상처 부위 위로 장치를 옮겨 주기만 하면 되었다.

"치료는 로봇이 할 거니까 안심해요."

"그래. 진짜 안심되네."

서리는 혜성의 눈치를 봤다. 방금 이거 비꼰 건지 아닌지 구분할 수 있느냐는 의미였다. 혜성은 답은 알려 주지 않고 씩 웃기만 했다.

상처 부위가 생각보다 커서 반 뼘은 되었다. 똑바로 쳐다보기 힘들 만큼 상태가 좋지 않았다. 그래도 서리는 책임지는 마음으로 모든 치료 과정에서 시선을 떼지 않았다. 망설임 없이 절도 있게 움직이는 로봇을 보니 잘 치료해 줄 거라는 믿음이 생겼다. 직접 보니 살면서 생기는 웬만한 질병과 상처는 이곳에서 치료가 가능해 보였다.

치료는 20분 만에 끝이 났다. 기계음과 함께 영수증 같은 게 출력됐다.

"나 돈 내야 해?"

태양은 농담인지 진담인지 헷갈리게 말하는 버릇이 있었다.

"약 목록이에요."

서리도 처음 봤지만 설명서에 의하면 그랬다. 종이에는 바코드와 함께 '나32 다17 하4'라는 문자가 적혀 있었다.

"약도 있어? 그건 어디서 받아? 밖에서 약사도 하나 녹여 왔어?"

태양의 물음에 혜성이 흰 커튼으로 가려진 진료실 한쪽 구석을 손으로 가리켰다.

"저기 같은데."

서리가 커튼을 젖히자 자판기처럼 생긴 기계가 하나 있었다. 바코드를 스캐너에 가져다 대자 기계음이 들리며 구슬 구르는 소리가 들렸다. 곧 아래쪽 투입구로 '하루 세 번, 식후 20분 뒤 복용'이라 적힌 포장된 약이 떨어졌다.

"여기 진짜 장난 아니다."

혜성은 신기한지 계속 호들갑이었다.

약을 받은 태양은 의외로 고맙다는 인사를 했다. 서리는 태
양에게도 지낼 방을 내주었다. 다시 얼게 되더라도 그전까지는
머물 곳이 필요했다. 태양의 방은 혜성의 바로 옆방이었다. 둘
이 함께 쓸 수 있는 2인용 공간을 내줄까도 고민했지만 둘 다
원치 않았다. 서리는 이해했다. 자신 역시 아무리 심심해도 서
진과 온종일 같은 방을 쓰고 싶지는 않았으니까.

약 봉투를 꼭 쥔 태양을 보자 식사를 준비해야겠다 생각이 들
었다. 빈속에 약을 먹게 할 수는 없었다. 셋은 식당으로 향했다.

기다란 식탁 한가운데 기유진이 우두커니 앉아 있었다. 식탁
에는 에너지바 부스러기가 지저분하게 떨어져 있었다. 서리의
시선이 거기 닿자, 기유진이 손으로 식탁을 훔치는 시늉을 했다.
어디선가 로봇 청소기가 튀어나와서 바닥 청소를 시작했다.

"기유진, 따라 와. 지낼 방을 알려 줄게."

서리는 기유진을 여기 둔 채 식사를 하고 싶지 않았다.

"어!"

기뻐하고 안심하는 기색이 기유진의 표정에 그대로 스쳤다.

"방을 준다고 해서 계속 여기서 지내도 된다는 뜻은 아니야.
너도 알고 있지?"

특별히 좋고 나쁜 방이 따로 있다면 오히려 좋았을 텐데 그
렇지 않은 게 서리는 아쉬웠다. 방들은 크기만 다를 뿐 갖추어

진 시설은 비슷했다. 서리는 혜성의 방 맞은편을 유진이 머물 곳으로 정했다. 방 출입문에 유진의 손바닥을 스캔했다.

"이 방 문을 열 수 있는 사람은 너랑 나, 그리고 저기 밖에 너 때문에 얼어 있는 우리 언니야."

기유진은 고개를 푹 숙인 채 연신 끄덕였다. 방을 흘깃거리며 구경하느라 서리의 말은 들리지도 않는 눈치였다.

"앞으로 위층은 출입 금지야. 내 방을 엉망으로 만들었던데. 이거 마지막 경고야."

"어쩔 수 없었어."

서리는 뭐가 그렇게 어쩔 수 없었는지 따지려다가 기유진의 변명을 듣고 싶진 않아 관두었다. 기유진을 방에 두고, 혜성과 태양이 기다리는 식당으로 돌아갔다. 서리는 찌그러진 냉장고의 잠금 키를 해제했다. 하마터면 냉장고가 고장 날 수도 있었다는 생각이 들었다.

"말려도 소용없었어. 갑자기 달려들어서 저 쓰레기통으로 내려찍더라고. 그러자마자 지하 전체에 경고음이 울렸고, 출입문이 전부 싹 닫혀 버렸어."

"응."

무슨 상황이 벌어졌는지 훤히 그려졌다. 서리는 고기 한 덩어리를 꺼내고 레인지에 넣은 뒤 해동 버튼을 눌렀다.

"나 비난하는 거 아니고 진짜로 궁금해서 묻는데 저런 인간은 왜 녹였어?"

혜성은 진짜로 조심스레 물었다. 태양은 얌전히 식탁에 앉아 턱을 괴고 있었다. 저런 애를 녹이거나 말거나 아무 관심도 없다는 듯.

"무슨 생각해요?"

서리는 혜성의 질문에 답하지 않고 태양에게 물었다. 태양의 생각과 기분이 무척 신경 쓰였다.

"아무 생각 안 해. 그냥 밥 다 먹으면 한숨 자고 싶다는 생각? 편하게 자 본 게 언제인지 모르겠어. 그런데 이제 실컷 자도 되겠다."

레인지에서 소리가 울렸다. 서리는 물렁해진 고기를 끄집어 낸 팬에 올렸다. 지글지글 기름 끓는 소리가 빗소리처럼 식당을 채웠다. 이 뜨거운 기름도 밖에서는 무력하겠지.

"왜 기유진을 녹였냐고? 그러게, 내가 왜 그랬을까. 우리 언니가 안 괜찮은 것만 확인했어. 근데 당장 쟤를 다시 얼릴 수도 없고."

서리의 뒤늦은 대답에 혜성이 한숨을 쉬며 말했다.

"왜 못 해? 당장 하자!"

"내일은 내가 같이 못 갈 것 같은데. 혜성아, 네가 같이 가."

태양이 심드렁하게 말하며 끼어들었다. 서리는 태양의 말에 마음 어딘가가 사르르 녹는 느낌이었다.

"어. 내가 당연히 가야지. 누나한테 녹이러 오겠다고 약속했어. 내가 슈트 묶어 둔 거 봤지?"

"응. 봤어."

지금쯤 그 슈트는 까마귀처럼 어딘가를 날고 있을지 모른다. 그래도 바로 근처에 수거하지 않은 텐트가 있으니까 장소를 헷갈릴 일은 없었다.

"언니 근처에 다른 얼음 인간은 없었지?"

없다는 것은 서리도 알았지만 두 번 세 번 확인하고 싶었다.

"없어."

혜성과 태양이 동시에 대답했다. 그러니까 슈트 같은 표식이 없어도 서진을 찾지 못하거나 헷갈릴 일은 없었다. 밤사이 얼음 인간들이 움직여 자리 바꾸기를 하지 않는다면.

"혜성아, 너 컨디션 안 좋으면 나 혼자서 갈게."

"무슨 그런 섭섭한 말씀을! 내가 해동기를 쓸 수 있으면 나 혼자 다녀올 텐데. 그게 안 되니까 서리 너도 가긴 해야겠다. 근데 여기 진짜 장난 아니야. 모든 게 다 있어. 심지어 헬스장 시설도 끝내주던데. 그런데도 자꾸 밖에 나가고 싶어. 밖에 볼 게 하나도 없는데도. 그러니까 나 꼭 데려가."

서리는 혜성의 말을 이해했다. 그저 백색으로 채워져 볼 것도 없고, 위험천만하기만 한 밖이시만 거기라도 나가야 자유를 확인할 수 있었다. 나갈 수 없다면 아무리 시설이 좋아도 여긴 감옥이었다.

다 익은 고기를 삼등분으로 잘라 가장 큰 덩이를 태양 앞에 주었다. 토마토와 상추도 가져왔다. 백색으로 가득 찬 세상에서, 초록과 빨강은 보는 자체로 기분을 나아지게 했다. 셋은 대화 없이 먹는 데 집중했다. 문밖에서 기유진이 침을 삼키며 훔쳐보고 있다는 것은 알지도 못했다.

3

　서리는 알람을 맞추고 서진의 냄새가 밴 이불을 머리끝까지 끌어올렸다. 집을 떠나 있던 시간이 꿈만 같았고, 그냥 다 꿈이면 좋겠다고 바랐다.

　그러다 흰 악몽에 기습을 당했다. 서리는 튜브를 끌고 얼어붙은 서진을 녹이러 갔는데 그 자리에 서진이 보이지 않았다. 텐트는 그대로인데 어디로 갔지. 사방으로 바위와 나무, 그리고 바위처럼 언 자동차만 있었다. 위치는 당연히 제대로 입력했다. 당황한 서리는 생각했다. 혹시 어둠이 내리면 얼음 인간들이 걸어 다니나? 그럴 리가, 그럴 리가 없는데. 만약 그렇다면 서진은 왜 집으로 돌아오지 않았지? 그런 생각을 하며 서리는 백과 흑의 세계를 더듬거렸다. 그때 익숙한 목소리가 들려왔다. "여기 봐!" 맞아, 혜성이 같이 왔었지. 서리는 목소리가 들리는 곳으로 발을 뗐다. 그곳에 너무나 많은 얼음 인간이 모여 있었다. 누가 누구인지 알 수 없었다. 이 가운데 서진이 있을까? 아니, 없을 수도. "이제 어떻게 해?" 혜성이 물었고, 서리는 결심했다. 할 수 없지, 하나하나 전부 다 녹여서라도 찾아야지. 그렇게 해동기를 작동시키고 얼마나 지났을까. 요란한 알람이 서리를 현실로 이끌었다.

서리는 꿈이라는 사실에 안심하며 자리에서 벌떡 일어났다. 불길한 꿈에 마음이 찜찜했지만 꿈은 꿈이니까. 거실로 나가자 혜성이 슈트를 입고 소파에 앉아 있었다. 서리는 혜성이 아침잠이 많다는 것을 누구보다 잘 알고 있었다. 그래서 혹시 깨지 않았다면 혼자서 갈 생각이었는데.

"일어났어? 난 준비 다 했다!"

둘은 전날 밤 필요한 짐을 모두 챙겨 두었다. 서리는 악몽을 떠올리며 해동기를 두 대 더 챙기기로 했다. 그럴 일이 없길 바라지만 동시에 여러 명을 녹여야 한다면 시간을 단축해야 했다.

튜브는 다섯 대를 꺼냈는데, 혜성의 개인 튜브까지 이동시키면 총 여섯 대였다. 혜성은 자기 튜브를 언제 이렇게 화려하게 꾸몄는지 모르겠지만 온갖 그림이 그려져 있었다. 지하 공간에 물감이 있었나 서리는 생각했다.

"어때? 끝내주지? 나 그림에 재능 있나 봐."

혜성은 서리의 시선이 튜브에 닿자 한껏 으스댔다.

"그러네. 멋져."

서리는 엄지를 치켜세우고는 튜브마다 속도를 각각 입력했다.

"너희 형은 컨디션 어때?"

"응. 괜찮아 보여. 내가 어젯밤에는 서점도 데려갔어. 고3은 다 이래? 어떻게 이런 상황에서 참고서 볼 생각을 하지?"

혜성은 도저히 이해가 안 간다는 듯 고개를 저었다. 서리는 태양의 얘기를 들으며, 자신이 오랫동안 이런 대화를 바랐다는 걸 깨달았다. 웃기고 반가웠다.

"서리야, 우리 형 깨워 줘서 진짜 고마워."

서리는 혜성의 인사에 눈물이 핑 돌았다. 깨어나고 싶지 않다는 태양의 말이 내내 마음에 박혀 있었다.

"네가 우리 형을 이해해 줘. 사실 나도 시간을 어떻게 쓸지 잘 모르겠거든. 훈련하던 습관이 남아서 틈만 나면 헬스장에 있잖아. 그런데 형은 시험공부만 해 오던 사람이니까 이해는 가. 우리 각자 뭐 하고 살지 찾을 수 있겠지?"

"응, 알아. 나도 매일 헬스장에서 살았어."

그렇게 생각하니 태양의 행동이 이해가 갔다.

"자, 이제 가자."

둘이 함께 걸으니 자연히 속도를 다투게 됐다. 튜브를 앞질

러 걷는 일이 잦아져서, 튜브 속도를 조금 더 높이기로 합의했
다. 간간이 나누던 수다가 사라지고, 헬멧에선 숨소리만 울렸
다. 훈련하는 기분이 들어 나쁘지 않았다. 그렇게 대화 없이 한
참을 가다가 혜성이 웃음으로 침묵을 깼다.

"야, 너 혹시 서진 누나한테 우리 둘이 사귄다고 말한 거 아
니지?"

"내가? 왜? 우리 언니가 뭐라고 그래?"

서리는 뜨끔했다. 혜성을 꼭 녹여야 하는 이유로 우정은 설
득력이 떨어지나 싶어서, 사랑에 눈이 멀어 앞뒤 안 가리는 상
황으로 가기로 한 거었다. 효과가 하나도 없었지만.

"누나가 혹시 오해하나 싶어서."

"야, 아니면 된 거지 오해 좀 받으면 뭐가 어때서 그래! 너,
은근 기분 나쁘다?"

혜성은 웃다가 사레가 들렸다. 서리도 마찬가지였다. 서진을
녹이러 가는 이 심각한 여정에 웃음이 끼어 있을 줄은 상상도
못 했다.

"서리야, 저기 보여?"

물론 서리 눈에도 보였다. 멀리 검은색 텐트가 있었다. 에어
커튼이 망가지긴 했지만 재질 때문인지 완벽하게 얼지 않아서
눈에 잘 띄었다. 다만 서진이 보이지 않았다. 아마도 저쪽에 서
있겠지, 하고 위치를 짐작해 봤다. 어깨에 묶어 둔 슈트는 예상

대로 사라지고 없었다.

둘은 약속이라도 한 듯 온 힘을 쥐어짜 뛰듯이 걸었다. 체력은 이미 바닥났다. 훈련을 할 때마다 코치가 늘 하던 얘기가 떠올랐다. 기록을 내고 싶다면 한계점이라 여긴 그 순간에 주저앉지 말고 한 번 더 힘을 바짝 끌어올리라고. 서리와 혜성은 앞서가는 튜브를 제치고, 마침내 텐트 앞에 도착했다. 둘은 누가 먼저랄 것도 없이 바닥으로 쓰러져 숨을 골랐다.

꿈속과 같은 상황은 일어나지 않았다. 서진은 텐트 반경 2미터 안에 꼼짝없이 서 있었다. 그 부근에 갑자기 등장한 다른 얼음 인간도 없었으니 헷갈릴 일은 없었다. 서리가 그랬듯 서진이 동생을 속이고 다른 누군가를 녹이려고 수를 쓴 게 아니라면.

"누나 맞아. 근데 네가 묶어 둔 슈트 어디 갔지?"

서리는 얼음 인간만 보고 어떻게 서진임을 확신하는지 궁금했다. 하지만 불필요한 질문은 생략하기로 했다. 이제부터는 서진을 녹이는 일에만 집중해야 했다. 1초라도 빨리 서진을 만나고 싶었다.

"우리 텐트 다시 치자."

혜성이 원래 있던 텐트를 옆으로 밀어서 공간을 확보했다. 서리는 얼어붙은 서진을 가운데 두고 새로운 텐트를 쳤다. 손발이 잘 맞아서 해동기 설치까지 물 흐르듯 진행됐다. 해동기에 서진이 녹는 데 걸리는 시간이 떴다. 4시간 14분 30초.

"어? 이게 맞아?"

해동기에 뜬 시간을 보고 서리는 당황했다. 당연히 19시간 정도 예상했는데 4시간이라니. 언 지 얼마 안 돼서 그런 건지 해동기에 문제가 생긴 건지 알 길이 없었다. 확실히 알지도 못하면서 서진을 녹여도 되는지 혼란스러웠다. 기유진과 태양을 녹일 때는 이렇게 불안하지 않았다.

"맞을 거야. 누나는 언 지 얼마 안 됐잖아."

혜성은 서리의 손목을 끌어 의자에 앉혔다. 챙겨 온 책과 영상은 볼 일이 없었다. 4시간은 아주 짧았으니까. 서리는 물 한 병, 슈트, 신발, 헬멧, 음식 등을 가지런히 꺼내 두었다. 빠진 게 없는지 수도 없이 확인했다. 서진 역시 혜성이 서리인 줄 알고 녹길 기다리며 마찬가지로 이렇게 했을 거라 생각하니 미안한 마음이 들었다.

"넌 얼어 있을 때 어땠어? 얼 때 아파?"

"하늘에서 바늘 같은 게 쏟아지는데 피하지 못하고 다 맞는 느낌. 그런데 찰나야. 그보다는 얼어붙어 있는 사이 꿈을 꿨어. 환상적이고 좋은 꿈이라서 힘든 느낌은 없었어. 우리 형한테 물어보니까 형은 꿈에서도 시험을 봤다는 거 있지. 진짜 같았대. 내 꿈도 엄청 실감 나긴 했어."

"꿈을 꾼다고?"

"응."

혜성은 대답하며 서리의 눈치를 살폈다. 무엇을 염려하는지 서리도 짐작이 갔다. 지금 서진이 깨고 싶지 않을 만큼 즐겁고, 포근한 꿈을 꾸고 있을 확률이 얼마나 될까? 서진은 악몽을 꾸고 있을 것이다. 숨도 쉬지 못할 만큼 깊고, 헤엄쳐 빠져나올 엄두조차 나지 않는 아주 컴컴한 악몽에 잠겨 옴짝 못 하고 있겠지.

"혜성아, 넌 혹시 다시 어는 거 상상해 봤어?"

"상상하기 싫은데. 얼 때 고통은 괜찮아. 짧아서 참을 만하거든. 그런데 어떤 상태로 지내는지 이젠 알잖아. 알고 겪는 건 싫어."

기다림의 시간이 5분의 1로 단축됐어도 힘은 들었다. 서리는 서진이 어떤 마음으로 이 시간을 보냈을지 짐작해 봤다. 게다가 그렇게 긴 기다림 끝에 서리가 아닌 혜성이 나타났을 때 얼마나 큰 충격을 받았을지도.

"앞으로 우리 어떻게 하냐."

턱을 괸 혜성이 앞뒤 얘기 없이 잠꼬대하듯 물었다. 서리는 '앞으로'가 어디까지의 앞을 묻는지 궁금했다. 서진이 녹은 뒤 얼마간인지, 얼어붙은 세계에서 살아갈 미래 계획을 묻는 것인지. 후자라면 서리도 잘 몰랐다. 외계 생명체에 맞서서 지구를 녹일 방법을 찾아야 하는지, 주어진 환경에 순응하며 수명이 다할 때까지 그냥 살아야 하는지.

딱히 대답을 바란 질문은 아니었는지 혜성이 다른 말을 꺼냈다.

"너희 집 지하 공간 말이야. 살아가는 데 필요한 것은 다 있더라. 넘치게 있어. 만약 뭐가 없거나 부족하면 그걸 찾는 모험이라도 해 볼 텐데. 나 너무 배부른 소리인가?"

"응. 잘 아네. 배부른 소리야. 그런데 캐러멜이나 요구르트 같은 건 없거든. 나중에 우리 마트나 가자. 정 심심하면 말이지. 우리의 미래는 캐러멜을 녹이며 보내게 될 거야."

농담처럼 넘겼지만 서리는 혜성이 왜 이런 질문을 하는지 이해했다. 냉동된 세세에 살면서 서리 역시 '왜 살아야 하는가?'를 스스로에게 반복해 묻게 됐다.

지하 공간에는 많은 것이 빠짐없이 갖춰져 있었지만, 서리에게 진짜 필요한 건 하나도 없었다. 새의 지저귐, 뭉게구름, 고양이가 없었다. 파도도, 매미도 없었다. 서리는 할 수만 있다면 캐러멜이 아니라 그런 것들을 찾고 싶었다.

"말 나온 김에 우리 단골 편의점에 캐러멜이나 가지러 가 볼까?"

"거긴 내가 이미 다 털어서 없으니까 나중에 다른 편의점에 가자."

"이야, 완전 도둑이 따로 없네."

"너도 공범이야. 뭐, 어쨌든 지금은 말고 나중에."

서리는 서진이 녹는 동안 한순간도 자리를 뜰 생각이 없었다.

✳

서진은 부축할 겨를도 없이 바닥으로 무너졌다. 서리는 서진이 놀라지 않게끔 어떤 상황에서도 침착하게 대응할 거라고 다짐했지만, 쿵 소리가 나자 비명을 지르고 말았다.

"언니! 괜찮아?"

서진은 잠이 덜 깨 몽롱해 보였던 기유진이나 태양과는 달랐다. 겁에 질린 상태에서 얼어서인지 극도로 불안하고 초조해 보였다. 몸을 바들바들 떨고 있었다. 서리는 고개 숙인 서진의 손등에 자기 손을 포개며 속삭였다.

"언니, 나 왔어. 나, 서리."

서진은 화들짝 놀라며 서리의 손을 쳐냈다.

"누나! 저도 왔어요. 저, 기억나죠?"

혜성은 서리와 미리 계획한대로 혹시 모를 사고에 대비해 텐트 입구 쪽을 막고 서 있었다.

"언니, 내 목소리 들리면 눈이라도 깜박여 봐. 괜찮은지 걱정돼."

서리는 해동 과정에서 문제 같은 것은 절대 생길 리 없다는 입장이었다. 할머니가 완벽하지 않은 기계를 손녀들에게 쓰게

할 리 없었으니까. 그러나 지금은 확신이 없었다. 기유진과 태양은 문제없이 잘 녹았고, 녹은 뒤 곧 움직이고 말도 똑똑히 했는데……. 그토록 찾아 헤맨 서리가 눈앞에 있는데도 서진이 반응이 없었다.

"녹으면 원래 이래? 우리 언니 괜찮겠지?"

"난 현기증이 났어. 몸에 힘도 없고. 근데 물을 마시니까 괜찮아졌어. 맞다, 누나한테 물부터 줘야 하지 않아?"

서리는 서진에게 물을 줘야 한다는 중요한 사실을 잊고 있었다. 그런데 이 상태에서 물을 잘 마실 수 있을지 걱정이었다. 하지만 우려와 달리 서진은 갈증이 심했는지 물 한 병을 쉬지 않고 다 비웠다. 그러자 생기도 돌아온 듯했다.

"서리니?"

서리는 제 이름이 서진의 입에서 나오자 눈물이 터졌다. 영화였다면 이 순간이 해피엔드겠지. 하지만 현실은 뭔가 녹일 때마다 봉인된 문제도 함께 녹았다. 이제 시작이었다.

"언니, 진짜 미안해. 용서해 줘."

"나 안 다쳤구나. 꿈이었어."

서진은 중얼거리며 자기 손을 이리저리 살피고, 손으로 얼굴을 더듬거렸다. 서리와 혜성은 서진이 어떤 악몽에 갇혀 있었을지 짐작 갔다. 서리는 서진을 꼭 안으며 이제는 괜찮다고 아무 일도 없다고 안심시켰다. 이제 서진은 안전했다.

3부

녹은 뒤

1

"언니, 내가 기유진 녹였어."라고 말한 뒤 서리는 홀가분해 보였다. 기유진을 녹인 게 서리라는 것은 자백하지 않아도 알 았다. 서진이 아니라면, 서리 말고는 녹일 사람이 없었다. 서진 이 궁금한 건 대체 왜 그랬냐는 것이었다.

"말해 봐. 왜 그랬니?"

서진이 작게 한숨을 쉬었다. 추궁하거나 혼내고 싶진 않은데 서리가 어쩔 줄 몰라 하는 게 느껴졌다.

"언니가 종일 죽은 사람처럼 잠만 자니까. 그걸 보는 게 무서 워서 내 나름대로 해결해 보고 싶었어. 그게 다 기유진 때문이 잖아. 그럼 직접 부딪히는 방법밖에 없고."

행렬 가운데서 걷던 서진이 걸음을 멈춰 섰다. 앞서가던 서리는 어떻게 알았는지 서진을 따라 걷기를 멈췄다. 튜브만이 조용히, 천천히 전진하며 제 할 일을 잊지 않았다.

"너, 다 알고 있었어?"

"응."

송곳 같은 냉기가 또다시 서진을 찔러 왔다. 지금 또 한 번 얼고 있나 싶은 착각이 들 만큼.

"서리야, 누나, 움직여요. 우리 튜브 놓치면 안 되잖아요."

혜성은 멈춰 선 자매를 재촉했다. 셋은 대화는 집에서 하고 일단 걷기로 했다. 그런데도 신기하게 대화가 계속되는 기분이 었다. 특히 서진은 쉬고 또 걷는 동안 놀랍게도 서리가 왜 이런 위험하고 충동적인 행동을 했는지 이해가 가기 시작했다. 기유 진을 녹인 게 잘했다는 의미는 아니지만.

서진이 생각하는 서리는 생각과 감정을 잘 숨기지 못하고 겉 으로 다 드러나는 아이였다. 그런데 완전 잘못 알고 있었다. 분 노와 복수심을 어떻게 이렇게 꽁꽁 감추어 왔을까.

서진에게는 기유진이 말하고 움직이는 얼기 전의 세계보다 모든 게 다 얼어붙은 지금 이 세계가 그나마 나았었다. 그 전이 너무 끔찍했으니까. 그런데 이제 두 세계는 다를 게 없었다. 앞 으로 평생 같은 공간을 공유하며 기유진과 부딪히며 살아야 하 는 문제에 대해 서리는 생각해 봤을까? 그렇지만 서리를 원망하 지 않기로 했다. 기유진 때문에 동생을 미워하고 싶지 않았다.

"그럼 집에는 개 혼자 있어?"

"아니요. 제 형도 있어요."

"뭐?"

서진은 잘못 들었기를 바랐다. 그러니까 서리가 한 명을 더 녹였다고? 아니지, 혹시 하나가 아니라 더 있을지도 모른다는 생각이 스쳤다. 지하 공간은 이미 발 디딜 틈 없이 사람들로 꽉 차 있을지 몰랐다.

"더는 없어! 혜성이 형이 다야. 앞으로 나 절대 아무도 안 녹일게."

서리는 서진의 마음을 읽은 듯 재빨리 변명했다.

"서리야, 너한테 뭐라고 하는 거 아니니까 집에 가서 설명해 줘."

서리는 기어들어 가는 목소리로 알았다고 대답했다.

잘 걷던 셋은 얼음 인간 하나를 지나쳤다. 그때 서진의 귓가로 "살려 줘! 제발! 나 좀 구해 줘! 가지 마!" 하는 외침이 들려왔다. 서진은 걸음을 멈추었다. 방금 저 얼음 인간이 말을 했나? 고개를 돌려 다시 쳐다보았다. 말을 할 순 없었다. 얼어붙은 입술이 움직일 리 없으니까. 그렇다면 혹시 몸이 녹은 뒤로 얼음 인간과 텔레파시 같은 게 통하게 되는 건가.

"혜성, 너도 들었어?"

"뭘요?"

절규에 가까운 소리라 혜성이 듣지 못했다면 서진만 듣는 환청이었다.

"살려 달라고 외치는 소리…… 못 들었어?"

서리는 서진의 말을 잘못 들었나 귀를 의심했다. 서진의 물음에서 누군지도 모르는 낯선 얼음 인간을 녹이고 싶어 하는 마음이 엿보였다. 얼었다 녹는 과정에서 뇌나 심장에 문제가 생겼을까 봐 서리는 겁이 났다.

"언니, 집에 빨리 가자. 어두워지고 있어."

서진은 서리의 재촉에 어렵게 걸음을 뗐다. 얼어붙은 채 악몽을 꾸고 있을 사람을 깨우지 않고 지나치려니 속이 뒤집혔다. 얼음 인간들은 의식이 없는 상태가 아니었다. 누군가는 서진처럼 악몽에 갇혀 끝없이 고통받고 있을 거였다.

얼음 인간과 거리가 꽤 멀어졌는데도 "구해 줘. 제발. 그냥 가지 마!" 하는 외침이 여전히 서진의 귓가로 또박또박 들려왔다.

'이건 실제가 아니고, 내 마음의 문제야.' 하고 서진은 되뇌었다. 그래야 한 발 나아갈 수 있었다.

❄

집으로 돌아온 지 일주일이 지났다. 서진은 기유진과 부딪히지 않으려고 지하에는 내려가지 않았다. 필요한 것은 서리와 혜성이 말하기 전에 다 가져다주었다. 기유진 역시 방에서 나오지 않고 지낸다는 얘기를 들었다. 하지만 방에 갇혀 평생을 지내기는 무리였다. 서진은 그러고 싶지도 않았다.

서리 덕분에 기유진이 더는 위협적이지 않다는 것을 알게 됐다. 오히려 누가 누구를 위협할 수 있다면 그건 서진일 것이다. 얼음 속 유진에 비하면, 녹아 숨 쉬는 지금의 유진은 너무 약했다. 기껏해야 에너지바나 훔쳐 댔다. 그걸 훔쳐서 어쩌려고. 불안해서 도벽 같은 게 생긴 모양이다.

8일째 되는 날. 서진은 밖에 나가고 싶은 마음을 누르기 힘들었다. 오늘 서리와 산책을 나가면 어떨까 고민하는데, 누군가 노크를 했다. 마침 서리였다. 문을 여니 서리가 토마토 주스와 샌드위치를 들고 서 있었다.

"토마토가 제법 커져서 주스로 만들었어! 언니도 먹어 봐. 우리 다 조금씩 마셨어."

"그래도 주스로 먹긴 아깝다."

"언니, 나 이거 다 먹고 혜성이랑 밖에 나갈 거야. 그런데 걱정 마. 아무도 안 녹여. 금방 올게."

서리는 혜성과 매일 짧은 외출을 다녀왔는데 나갈 때마다 요구하지도 않은 다짐을 덧붙였다. 서진은 서리의 변심이 낯설었지만 변한 것은 서진도 마찬가지다. 서진은 절대 녹이지 않겠다고 다짐한 얼음 인간을 녹이고 싶었다. 어쩌면 냉동됐다 녹은 뒤 생긴 부작용일 수도 있겠다 생각했다. 평소보다 몸에 기운이 없기도 했다. 하루에 한두 번씩 "살려 주세요. 녹여 주세요. 이 꿈을 멈추게 도와주세요." 하는 환청이 또렷하게 들려왔다. 서진은 이게 진짜가 아니라는 것을 되새기며 환청의 볼륨을 줄이려고 노력했다.

서리와 혜성을 배웅하고, 거실 소파에 기대어 소설을 읽고 있는데 태양이 지상으로 올라왔다. 서진은 철문을 열어 주었다. 태양은 혜성만큼 대하기가 편하지 않았다.

"기유진이 사과하고 싶대. 이런 말 전하고 싶지 않지만 엄청 시끄럽게 구네. 난 말했고, 내려간다."

"전 안 내려갈 거예요. 사과 필요 없다고 전해 주세요."

태양이 한숨을 쉬었다.

"난 네 심부름꾼이 아니야. 전해 주긴 하겠는데 문제가 있으면 앞으로는 둘이서 해결해."

태양은 혜성과는 확실히 다르게 까칠하고 냉정했다. 하지만 맞는 말이었다.

"네. 앞으로는 그렇게 할게요."

사과를 하든 반성을 하든 그건 기유진의 문제였다. 앞으로 절대 그렇게 하지 않겠다는 약속도 이제는 별 의미가 없었고. 어차피 뭘 해 볼 수도 없는 무력한 상태니까. 기유진이 폭력을 휘두르던 세계는 꽝꽝 얼어붙었다. 반대로 서진은 아주 많은 걸 할 수 있었다. 식사를 제한할 수 있고, 고립감을 줄 수도 있다. 그러나 고통에 몸부림치는 기유진을 아무리 상상해도 통쾌하거나 즐겁지 않았다. 그게 통했다면 일이 좀 더 간단할 텐데. 과거를 떨치고 평안을 찾고 앞으로 나아갈 수 있을 텐데.

힘이 역전된 뒤에야 서진은 자신이 무엇을 바라는지 알게 됐다. 기유진과 엮이지 않는 것. 오로지 그것만 바랐다. 태서진이든 기유진이든 하나가 얼어붙어야 가능하다는 점이 아이러니했다. 그때는 몰랐지만 기유진이 녹기 전이 서진이 가장 바라는 상태였다.

9일째가 되는 날. 서진은 서리와 짧은 외출에 나섰다. 집에 온 지 몇 달은 지난 기분이었다. 그새 다리에 근육이 빠져나갔는지 걷는데 힘이 안 들어갔다. 앞으로는 조금씩이라도 꾸준히 러닝머신에 올라야겠다고 다짐했다. 그러려면 지하에 내려가야겠지. 유진을 피하려면 많은 것을 포기하고, 불편함을 견뎌야 했다. 서진은 그렇게 살고 싶지 않았다. 유진과 또다시 마주친다고 해도 지난번처럼 겁을 먹고 도망치진 않을 거였다. 그때 생각만 하면 얼굴이 확 달아올랐다. 너무 바보 같은 행동이었다. 운이 나빴다면 목숨을 잃을 수도 있었다.

"언니, 밖에 나오니까 진짜 좋지? 그거 알아? 나 이제 튜브 탄다!"

서리는 당장 보여 주겠다는 듯 말릴 겨를도 없이 제 튜브를 밟고 올라섰다. 양발을 튜브에 딛고 몸을 낮추어 팔을 벌려 균형을 잡았다.

"와! 잘 타네."

과거의 서진이라면 잔소리를 퍼부으며 말리고 나섰겠지만 지금은 감탄만 했다. 서리의 인생을 위해 자유를 제약하지 말자고 다짐했다.

서리는 그동안 얼마나 많이 연습했는지 튜브 위에서 능숙하게 균형을 잡았다. 보는 사람이 불안하지 않을 정도로 안정감이 있었다.

"이거 혜성이도 같이 연습했거든. 걔도 완전 잘 타. 나중에 우리 둘이 누가 더 빠른지 시합하기로 했거든. 언니가 심판 봐."

서리는 승부를 겨루는 경기를 확실히 좋아했다. 경쟁심은 서리를 성장하게 했다. 지금 세계에서 절대적으로 부족한 것인데. 서진은 즐거워하는 서리를 보며 혜성을 녹이길 정말 잘했다고 다시 한번 생각했다.

그때, 갑자기 몸을 숙인 서리가 순식간에 시야에서 멀어졌다. 완전히 보이지 않았다. 거센 풍랑에 휩쓸린 듯 자취를 감추었다. 안 좋은 예감은 틀린 적이 없었는데, 모처럼 즐거움으로 일렁이던 마음에 불길한 광풍이 불었다. 헬멧으로 비명이 들려왔다. 역시 서리는 적당히를 몰랐다. 꼭 끝장을 보고야 만다. 서리는 우스갯소리로 자신은 피를 봐야 끝난다고 했는데 정말 그럴지도 몰랐다. 비명이 심상치 않았다.

"서리야! 왜 그래? 다쳤니?"

서진은 서리가 사라진 방향으로 뛰었다. 뛰다 미끄러져서 무릎을 땅에 박았다. 온몸이 통증으로 징징 울렸다.

"언니, 나 괜찮아. 하나도 안 다쳤어. 여기 뭐가 있어서 그래."

괜찮다는 말에 안심하기엔 뭐가 있다는 말이 신경 쓰였다. 서진은 사고가 정지되었다. 뭘 잘못 본 게 아니고? 하지만 뭔가를 잘못 보고 착각하는 것도 가능하지 않았다. 온통 백색 세상에서 사물들은 각자 구분 없이 하나로 덩어리져 있었다. 대체 뭐지? 누가 있을 수 있어? 서진도 서리도 그사이 누군가를 더 녹이지 않았다. 집에 있는 혜성, 태양, 유진이 순간 이동이라도 한 듯 저 멀리서 등장하는 것도 가능하지 않았다. 어쩌면 연구원이 할머니 하나뿐일 리 없으니까 서진, 서리 말고도 어딘가에 누군가가 살고 있을지 모른다는 가능성은 생각해 봤지만. 그렇다면 또 다른 연구원이나 그들의 가족일까? 혹시 외계 생명체는 아니겠지. 그것도 아니면 할머니? 연구를 포기하고, 할머니가 돌아왔을까.

"서리야, 조심해. 함부로 가까이 가지 마."

"언니, 뭔지 잘 안 보여."

헬멧으로 호기심에 찬 서리의 목소리가 들렸다. 서진은 서리가 갑자기 사라져 사고를 치지 않기를 간절히 빌며 전속력으로 뛰었다. 대체 얼마나 앞서갔는지 숨이 차게 달려도 보이지 않았다.

"언니! 언니!"

서진은 모든 감각을 곤두세웠다. 서리의 외침에 놀라움, 감탄, 반가움 같은 게 있었다.

"혹시 할머니야?"

서진은 기대를 품고 물었다.

"아니……. 근데 할머니랑 관련된 것 같아."

드디어 서진의 눈에도 낮게 뜬 채로 아주 느리게 움직이는 기계가 들어왔다. 사람이 한 명쯤 탈 수도 있어 보였기 때문에 경계를 늦출 수 없었다.

"근데 이거 안 멈춰. 어디로 가는 걸까?"

서리와 합류한 서진은 움직이는 그것의 뒤를 쫓아 걸었다.

"근데 이게 왜 할머니랑 관련됐다는 거야?"

서진은 아까 서리가 한 말이 문득 궁금해졌다.

"언니 이거 기억 안 나?"

"뭐가?"

"이거 할머니가 집 떠날 때 그거잖아. 비행 기계에 연결돼 있던 짐칸 같은 거."

듣고 보니 그랬다. 그럼 정말로 할머니가 보낸 거라고? 이 안에 할머니가 타고 있는 건가, 그럼 왜 나오지 않지? 짐칸의 창이 너무 까매 안이 하나도 보이지 않았다. 그리고 속도가 튜브의 최저 속도보다도 느렸다.

"언니, 멈출 때까지 쫓아 가 보자."

별로 좋은 생각 같진 않았지만 고개를 끄덕였다. 할머니와 관련됐을 가능성이 있다는 걸 안 이상 어디로 가는지, 안에 무엇이 들었는지 모르는 채로 지나치면 두고두고 궁금할 것 같았다.

"서리야, 이거 우리 집으로 가는 것 같은데?"

짐칸이 멈춘 곳은 집 앞이었다. 목적지에 도착했는지 기계가 땅에 내려앉았다.

"이거 집 안으로 갖고 들어가도 되는 걸까? 폭탄 같은 거 있는 거 아니야?"

"언니, 설마 폭탄은 아니겠지. 근데 이거 안 움직이는데."

서리가 기지를 발휘해 튜브와 짐칸을 연결해 집 안으로 끌고 갔다. 거실에 나와 있던 혜성이 둘을 맞아 주었다.

"와, 이거 뭐예요?"

"선물!"

혜성이 묻자 서리가 씩 웃으며 대꾸했다. 서진은 다시 한번 이게 폭탄이면 어쩌지 하는 걱정이 들어서 긴장했다. 그러나 서리가 옳았다. 어떻게 열어야 하는지 짐칸을 살피다 검은 창에 손바닥을 올렸는데, 불빛이 나며 창이 열렸다.

다행이라 해야 할지, 안에 있는 것은 폭탄도 외계 생명체도 아니었다. 기계 안을 가득 채운 건 알록달록한 털실이었다. 각종 도안과 바늘도. 선물을 기대한 서리는 크게 실망했고, 서진은 안도했다.

털실을 끄집어내자 안에 카드 하나가 있었다. 할머니가 보낸 것이었다.

보고 싶은 사랑하는 손녀들에게

서진아, 서리야, 안녕. 잘 지내고 있지?
긴강하게 지내고 있으리라 믿는다.
이 선물이 언제 도착할지 모르겠지만 서진의 생일 전에 닿으면 정말 좋겠구나.
직접 뜬 목도리를 보내고 싶지만 그건 지금 하는 연구보다 힘겨운 일이고, 그럴 여유도 없어서 이렇게 실을 보낸다. 지루함을 달래는 데 도움이 될 거야. 지루해서 사람들을 녹이진 않길 바라거든! 둘이 깊이 고민하고 상의해서 사람들을 녹여서 함께 살아가렴. 너희의 안녕을 바란다.
우리 모두 언 지구에서의 하루하루를 소중하게 보내자꾸나.

2

기유진은 침대 밑에서 숨겨 둔 에너지바 하나를 꺼냈다. 챙길 수 있는 게 고작 이런 것뿐이었다. 손전등, 샴푸, 숟가락, 여벌의 일상복과 속옷, 펼칠 일 있을까 싶은 책들.

기유진은 자매가 어떤 처분을 내릴지 기다리는 사이 억울함이 커져 갔다. 자라면서 크고 작은 폭력에 휘둘리지 않는 사람이 있나. 그런 사람은 없다. 당연 기유진 본인도 예외는 아니다. 지난 일이라 또렷하게 생각나지 않을 뿐이다. 아마 시간이 조금만 더 지났다면 서진 역시 기유진이 누구인지조차 까맣게 잊었을 거다. 더 큰 폭력과 충격에 과거는 희미해진다. 하지만, 세상이 얼어붙었다. 시간은 흐르는데 흐르지 않는 것과 마찬가지였다. 새로고침을 해도 계속 제자리라 날이 갈수록 유진의 죄만 심각하고 크게 도드라졌다.

유진은 에너지바 하나를 먹어 치우고 조심스레 문을 열고 복도로 나갔다. 식량을 조금 더 챙기기로 했다. 이곳에서 유진을 지킬 사람은 자기 자신뿐이었으니까. 누구도 기유진이 제대로 챙겨 먹는지, 잠은 잘 자는지, 마음이 다치진 않았는지 관심이 없었다. 굶어 죽고 싶진 않았으니 스스로를 챙겨야 했다. 다른 사람을 탓하거나 원망하며 인생을 망칠 생각은 없었다. 그런 것은 태서진의 방식이었다.

서진은 당연히 집에 무사히 돌아왔다. 호들갑을 떨 이유가 없었다. 그런데도 다들 그 애가 죽기라도 한 듯 기유진을 몰아댔다. 밖에 모든 인간이 얼어붙은 마당에 뒤늦게 언들 뭐가 특별할까. 그래도 온전하게 돌아온 것은 잘된 일이었다. 어디 한군데 긁히기만 했어도 다른 애들이 유진을 가만두지 않았을 테니까.

기유진은 에너지바 열 개를 챙겨서 어두운 복도를 조심조심 걸어 방으로 돌아오며 서진과 마주치는 상상을 했다. 어떻게 만나게 될까. 쥐처럼 슬그머니 다니며 에너지바를 챙기고 있을 때? 아니면 남자애 둘에게 붙들려 그 애 앞에 끌려갈까? 모두 기유진을 악마라 생각하는 듯했다. 하지만 악마는 다시 얼 가능성을 닫아 버리고 유진을 벼랑 끝에 세운 서진의 동생이었다. 아마도 저 밖에는 서리가 악하다는 생각에 동의할 사람들이 꽤 많을 것이다. 그들이 모조리 얼어 있는 게 몹시 유감이지만.

기유진은 낮에도 방의 문을 완전히 닫지 않았다. 적의 움직임을 놓치지 않는 게 생존에 유리했다. 열린 문틈으로 다른 애들의 목소리가 들려왔다. 하지만 유진의 이름을 부르거나 방으로 찾아오는 일은 없었다. 기유진에게는 이미 형벌이 내려졌을지 모른다. 무관심 속에 고립시키기. 유진은 코웃음을 쳤다. 만약 기유진이 진짜로 서진의 영혼을 파괴할 만큼 폭력을 가했다면 서진이 이렇게 가만히 있을 리가 없다. 서진은 엄살이 지나쳤다. 금니만 해도 그렇다. 어느 정신 나간 사람이 어금니도 아니고 입만 열면 보이는 앞니를 금으로 때울까? 상처를 전시하고 곱씹어 대는 소름 돋는 애였다. 이 정도인 줄 알았으면 서진을 때리지 않았을 거다. 오히려 피해 다녔겠지.

낮잠을 자는데 문 두드리는 소리가 났다. 순식간에 머리칼이 쭈뼛 섰다. 본능적으로 올 게 왔다는 느낌이 들었다. 문을 열자 혜성이 서 있었다.

"서진 누나가 불러."

"응, 고마워."

기유진은 방금 자기가 한 말이 마음에 들지 않았다. 대체 뭐가 고마워? 드디어 처분이 내려져서? 말을 길어 줘시? 기유진은 스스로를 물어뜯으며 혜성의 뒤를 무거운 걸음으로 쫓았다.

서진과 대면한다고 생각하니 자존심 상하게도 입안이 바짝

마르고 긴장이 되었다. 어떻게 해야 위협적으로 보이지 않을
지, 지금 자신은 서진보다 아래에 있으니 안심해도 된다고 전
할 수 있을지 고민됐다. 그렇지만 고민할 필요가 없었다. 서진
앞에 서니 몸이 저절로 반응했다. 잔뜩 움츠린 몸이 덜덜 떨려
왔다. 얼굴은 거울을 보지 않아도 붉게 달아올랐을 게 뻔했다.

"다들 앉아요."

서진은 조용하고 낮은 목소리로 입을 뗐다. 유진은 아직 서
진과 눈을 마주치지 않고 고개를 숙이고 있었다.

"한 번은 다 모였을 때 얘기해야 할 것 같아서. 여기서는 각
자 알아서 살면 돼요. 먹고 싶을 때 먹고, 자고 싶을 때 자요. 하
고 싶은 걸 하세요. 에너지바와 물은 부족하지 않으니까 마음
껏 써도 좋아요. 그 외 식량이나 물품은 서로 협의해서 정한 날
짜에 적절하게 나눠 줄게요."

기유진은 희망이 약간 샘솟았다. 굳이 자기를 불러서 이 말
을 같이 듣게 한다는 것은 여기 남아 살아도 좋다는 의미가 아
닐까 하고.

"좋아요!"

혜성이라는 애가 대답했다. 기유진은 그 애를 흘깃 보았다.
서진은 이 애가 은인이라는 것을 모르겠지. 느닷없이 달아나
얼어 버린 서진을 보며, 기유진은 잠시 갈등했다. 혜성이 같
이 있지 않았다면 아마 얼어붙은 서진을 부쉈을 것이다. 그렇

게 해야 생존에 유리하다는 걸 알았으니까.

"할 얘기가 또 있어요."

서진은 그렇게 말하고 뜸을 들였다. 기유진은 자신에 대한 처분이 이제 내려지겠구나 예감했다. 뭘까? 굶기기, 방에 가두기, 누구와도 말하지 않기? 그건 이미 하고 있는 것들이었다. 이보다 더한 게 뭐가 있을까. 무엇이든 좋았다. 여기 남을 수만 있다면 다 괜찮았다.

"앞으로는 사람들을 좀 더 녹여 보려고요. 언 상태에서 악몽을 꿀 수 있다는 것을 알았고 전 그 경험이 괴로웠어요. 그래서 한 명이라도 구하는 게 좋을 것 같아요. 그리고 혜성을 녹인 뒤로 과거에 멈춰 있던 제 시간이 흐르기 시작했어요. 할머니가 보내 준 메시지도 있고, 얼음 인간을 해동하는 게 맞다는 생각이 들어요. 어떤 기준으로 누굴 녹일지는 더 생각해 봐야겠지만요."

"언니, 안 돼!"

서리가 발끈하고 나섰다. 두려움에 떨던 기유진은 이 상황이 흥미로워지고 있었다. 자매 사이가 틀어지는 게 멀리 보면 기유진에게 좋은 일이었다. 혜성과 태양은 서로 얼굴을 보며 중얼거렸다. 누굴 녹이면 좋을지 벌써부터 머리를 굴리고 있겠지.

"우리가 어느 정도 자원을 갖고 있나 파악하고, 얼마나 녹이는 게 적절할지, 녹인다면 누굴 녹일지를 생각해 보면 좋겠어.

각자 누굴 녹이면 좋을지 생각해 봐요."

기유진은 그 각자에 자신은 해당하지 않을 걸 알았다. 다른 이들도 그렇게 느꼈는지 시선이 유진에게 쏠렸다. 다들 아주 노골적으로 쳐다봤다. 뭐, 괜찮았다. 한 100명 정도 녹이고 나면 그중 하나는 유진의 편에 서는 인간이 있을 테니까. 모든 게 이들의 의도대로 완벽하게 흘러가진 않을 거다.

기유진은 자신에게 '고립'이라는 벌이 내려졌음을 알았다. 아주 안전하고 달콤한 벌이었다. 그렇지만 괴로운 시늉을 해야 벌주는 사람이 만족하겠지 싶어 굳은 표정을 유지했다. 서진이 다시 입을 열었다.

"기유진, 내가 널 용서할 날이 올까? 할 수만 있다면 내가 당한 고통의 순간을 모두 돌려주고 싶은데 너처럼은 못 하겠네. 그래서 널 밖에서 지내게 하려고. 텐트를 설치해 줄게. 필요한 식량과 물품은 정기적으로 튜브로 배달될 거야. 네가 녹은 지 한 달이 지나면 여기서 나가. 알지 모르겠지만 그때부터는 다시 얼어붙어도 안전하니까."

"한 달? 넌 네 손에 피 묻히지 않고 내가 알아서 죽어 줬으면 하지? 네 동생이 분명 그랬어. 최소 1년 뒤에 냉동돼야 한다고. 그리고 난 내 방식이 더 인간적인 것 같으니까 네가 못하겠으면 네 동생 시켜. 걔는 날 때릴 수 있을걸? 너희가 마음대로 날 녹여 놓고, 무슨 권한으로 날 내보내?"

"아니, 동생도 나도 널 때리는 일은 없어. 넌 나가서 텐트에서 지내. 권한을 따진다면, 피해자의 권한이야."

기유진은 서진의 단호함에 압도되었다.

"1년이라고 말한 건 너 겁주려고 속인 거야. 제대로 약수를 줬으니 한 달이면 돼. 너 녹은 지 이미 꽤 돼서 한 달 되려면 이제 며칠만 있으면 될걸? 텐트를 치고 말고 할 것 없이 그냥 바로 얼어 버리는 게 어때?"

서리가 눈을 반짝이며 빈정댔다.

기유진이 보기에 이건 함정이었다. 자기 손에 피 묻히지 않고 간편하게 없애려는 수작이 분명했다. 서진은 정의롭고 평화로운 척하는 위선자였다. 그렇지만 유진은 좋은 계획이 설 때까지는 생각과 감정을 감추기로 결심하고 우선은 잠자코 있었다.

"이렇게 감정적으로 처리하는 건 아니지 않아? 네 마음에 들지 않으면 기분에 따라 우리도 벌 줄 건가?"

그때 가만히 있던 태양이 나섰다.

"형, 왜 그래! 이렇게 해도 돼. 내가 말해 줬잖아. 쟤가 한 짓에 비하면 이건 아주 약하다고."

기유진은 100명까지 녹이지 않아도 이미 자신과 같은 편에 선 사람이 생긴 게 흡족했다. 사실 머리가 있다면 이렇게 나와야 맞았다. 서진은 감정에 따라 횡포를 부리고 있었고, 누구든 잘못 걸리면 자기처럼 당할 수 있을 거라고 생각했다.

"무슨 잘못을 했는지 쟤는 잘 모르는 거 같아. 우리도 정확히는 모르고. 그러니까 서진에게 한 행동들을 적어서 제출하면 좋겠어. 왜 그랬는지도. 쟤도 그럴 만한 이유가 있지 않았을까. 이유는 서진이도 모른다며."

"좋아요. 저도 내내 궁금했어요. 만약 제가 기유진에게 부당하게 대응한 거라면 다시 집으로 들일게요."

기유진은 자신이 착각했음을 알았다. 태양은 똑똑한 사람도 공정한 사람도 아니었다. 이건 처벌은 정해져 있는데, 반성문을 써 오라는 뜻이었다. 사실을 쓰든 거짓을 쓰든 협박을 하든 감정에 호소하든 이 집에는 남을 수 없겠지.

3

태양은 다시 얼지 말지 고민하는 일을 관두었다. 도로 얼 거라는 결심은 바깥 세계처럼 아주 차갑게 확고했었다. 한 달 뒤 녹았던 그 자리로 돌아가서 망설임 없이 다시 얼 생각이었다. 그런데 왜 마음이 달라졌느냐고? 지구는 수백 년, 아니 수천 년이 지나도 녹지 않을 테니까. 태블릿으로 남아 있는 영상 자료들을 잠도 안 자고 훑어본 결과 그랬다. 지구는 더는 생명이 살기 힘든 행성이었고, 운 좋게 새로운 행성으로 이주하는 데 성공한다 해도 생활은커녕 생존도 미지수였다.

사실, 다들 인류가 망할 줄 알고 있었다. 세계 곳곳에서 전조 현상이 끊이지 않았으니까. 철에 안 맞는 꽃이 피었고, 벌은 멸종됐고, 수해, 화재, 폭염, 지진, 가뭄이 전 지구적으로 해가 갈

수록 빈도와 강도를 더해 갔다. 그러나 재난이 폭죽처럼 터져도 다들 묵묵히 손을 놓고 있었다. 정말 큰일이네, 심각하네 같은 소리만 거듭하며. 외계 생명체가 굳이 손쓰지 않았어도, 결국에는 이런 결말을 맞지 않았을까.

다시 한번 얼어붙으면 언젠가 다 함께 녹을 수 있을까? 아니, 녹으면 살 수는 있고? 희망을 품을 틈이 좀처럼 보이지 않았다. 이번에 얼면 죽는 것과 마찬가지라는 걸 알았다. 얼어붙느냐 마느냐가, 죽느냐 사느냐의 문제였다. 태양은 삶의 의지가 가득한 사람은 아니지만 그렇다고 죽고 싶지는 않았다.

태양은 앞으로 얼음 인간을 하나하나 녹여 나가겠다고 선언한 서진의 말을 떠올렸다. 그 말에 서리가 발끈하며 "안 돼!" 하고 외친 게 인상적이었다. 둘은 그 자리에서 언성을 높이며 다투진 않았지만 서진이 얼음 인간을 녹이고 싶어 하는 반면, 서리는 아니라는 입장이 분명히 드러났다. 서리가 반대하고 나섰을 때 태양은 속으로 코웃음을 쳤다. 처음 만났을 때 서리는 얼음 인간을 해동하는 일이 즐겨 하는 취미라도 되는 듯 보였는데 왜 갑자기 태세가 바뀌었는지. 그렇게 달라진 데 태양의 영향이 있을까 생각하면 웃길 뿐이었다. 그럼 녹은 사람들이 다 좋아할 줄 알았는지.

이유가 뭐든 바람직한 변화라는 생각이 들었다. 얼어붙은 세계에서 녹은 사람들이 자아를 실현하며 인생을 살긴 어려울 테니까. 괴로움에 몸부림치는 사람들이 많아질수록 수습하기 어려운 사고도 늘어날 것이다. 게다가 기유진 같은 애가 또 녹지 않으리란 법도 없고. 그러나 녹일지 말지 결정할 권한이 태양에게는 없었다.

태양은 자기 못지않게 서진이 심각해 보였지만 미래에 대한 고민 때문이 아니라 현재 상황이 복잡해서인 것 같았다. 기유진이라는 애가 무슨 짓을 했는지 혜성에게 듣고 나자 왜 그런 표정을 지었는지 이해가 갔다. 기유진을 다시 얼리지 않으면 마음 편히 지내긴 어렵겠지. 하지만 제대로 된 해결책은 아니었다. 녹이고 얼리는 일을 너무 가볍게 생각하는 것도 마음에 들지 않았다. 자매들에게 그럴 능력이 있는지는 몰라도 그게 권한이 되어서는 안 됐다.

한자리에 다 모였을 때 서진은 꼭 왕 같았다. 가만가만 작게 말하는데도 엄청난 카리스마가 느껴졌다. 한마디 한마디가 무게감 있다고 해야 할까. 기유진은 겁에 질려 어쩔 줄 몰라 했다. 바짝 엎드려 용서해 줄 때까지 빌거나 아니면 도로 나가 어는 편이 나을 텐데. 어떤 태도를 취해야 하는지 빤한데도 서진의 화만 돋우고 있었다. 겨우 저런 어수룩하고 멍청한 애한테 낭했나는 게 믿기지 않았다.

태양은 얼어붙은 인간을 녹이고 지하 공간을 통제할 수 있는 서진, 서리 자매가 부러웠다. 앞으로 삶에서 무엇이 되기 위해 애쓰지 않아도 저 둘은 이미 역할이 있었다. 하지만 태양은 아니었다. 다시 얼지 않을 거라면 어떻게 무엇을 하며 살지 정해야 했다.

책상 위 한 번도 펼쳐 보지 않은 참고서는 다시 원래 자리에 돌려놓기로 했다. 지구가 얼어붙은 타이밍은 다시 생각해도 기가 막혔다. 수능을 보고, 대학에라도 간 다음 얼면 마음이 더 나았을 텐데. 애들이 하나같이 "이왕 종말이 올 거면 수능 전에 오면 좋겠다. 망하려면 수능 전에 망해!"라고 기도했는데 진짜로 그게 이뤄지다니. 입시만 보며 힘겹게 인내해 온 긴 세월이 히망하기만 했다.

태양은 대학에 가서 하고 싶은 일들을 떠올렸다. 한강에서 라면도 먹고, 친구들과 치킨, 맥주도 먹고 싶었다. 노래 경연에도 나가 보고 싶었다. 면허를 따서 캠핑도 가고 싶었고, 연애도 하고 싶었다. 그렇게 꿈꿨던 일 가운데 이뤄질 가능성이 있는 게 하나도 없었다.

태양은 태블릿에 저장된 예능 프로그램 하나를 재생시켰다. 혜성 말로는 안 본 사람이 없을 정도로 인기 예능이었다 했다. 태양은 왜 인기였는지 전혀 공감할 수 없었다. 아무런 감흥이 없었다. 볼 때마다 이런 생각만 자꾸 들었다. 이 유명한 사람들 죄다 밖에 얼어 있겠지 하는 생각. 그러나 왁자지껄한 말소리, 웃음소리는 적막함을 채우는 데 도움이 돼서 자주 틀어 두었다.

멍하니 침대에 걸터앉아 웃음소리를 듣고 있는데 혜성이 방에 찾아왔다. 손에 노란 털실 뭉치를 들고 있었다.

"형, 괜찮아?"

사실 태양은 한참 전부터 울고 있었다. 그냥 맞아도 무방할 정도의 잔잔한 비처럼 눈에서 계속 물이 흘러나오는 상태랄까. 우울증인가. 아니면 얼어 있다가 녹은 뒤 생긴 후유증? 부작용?

"이거 해 볼래? 헬멧 안에 니트 모자 쓰면 엄청 포근해. 도안만 보고 따라 하긴 어려운데 동영상 보니까 이해가 돼. 나 잘만들었지."

혜성의 목에 초록색 목도리가 감겨 있었다. 지구가 얼지 않았다면 뜨개질 같은 거 해 볼 생각도 안 했을 텐데. 하지만 태양은 털실 뭉치를 선뜻 받았다. 털실 색깔이 너무 화사했기 때문이었다.

"형, 우리 누구 녹일까? 엄마를 녹이자고 말하는 게 좋겠지? 형은 아빠를 녹이고?"

혜성이 침대 한쪽에 털썩 주저앉으며 물었다.

"글쎄."

태양은 엄마와 아빠를 녹이자는 말이 선뜻 나오지 않았다. 녹인 뒤에는 어떻게 하라는 말이야? 엄마, 아빠 역시 이 상황을 해결하진 못할 텐데 하는 불손한 생각이 떠올랐다.

"그럼 그냥 우리 정신과 의사부터 녹일까? 형 많이 힘들어?"

정신과 의사를 녹이면, 그 정신과 의사도 조만간 또 다른 정신과 의사를 녹이고 싶을 거라는 확신이 들었다.

태양은 노란 털실을 끌어안고 흐느끼며 말했다.

"신을 녹이자. 어디 실수로 얼어 있나 본데."

혜성이 그런 태양을 가만히 꼭 안아 주었다.

에필로그

누군가를 녹이면 반드시 문제가 생긴다. 앞으로 서리는 문제를 만들고 그 문제를 해결하는 데 시간과 신경을 쓰고 싶지 않았다. 그래서 서진이 방으로 찾아와 녹이고 싶은 사람이 있느냐고 물었을 때 아무도 없다고 대답했다.

혜성과 태양은 의외의 인물을 녹여 달라고 부탁했다. 당연히 그들의 부모님, 혜성이 좋아하는 아이돌 그룹 정도나 말할 줄 알았는데 치과 의사를 녹여 달라고 할 줄이야. 그런데 그럴 만했다. 태양의 사랑니 때문이었다. 지구가 얼기 전, 사랑니가 혀로 만져질 정도로 올라와 있었다고 했다. 그런데 몸이 녹은 뒤 사랑니는 이때를 놓칠 수 없다는 듯 무서운 기세로 자라났다. 그것도 옆으로 누운 채로.

서리는 이 문제의 간단한 해결책을 알았다. 진통제면 충분했다. 앞으로 한 일주일 정도만 약으로 버티고, 태양이 다시 얼면 되었다. 하지만 치과 의사를 녹이고 싶다는 것을 보니 아무래도 마음이 바뀐 모양이다. 절대 안 바뀔 것처럼 굴더니.

서진은 치과 의사를 녹이자는 얘기에 "치과 의사가 있으면 좋지. 치과 쪽 장비는 있지만 진료 로봇으로 사랑니를 빼긴 어려우니까. 우리도 언젠가 사랑니가 날 테고."라고 순순히 말했다.

회의가 또 한 번 열렸다. 밖에 언 사람들을 녹이느냐 마느냐 논쟁하는 자리가 아니라 어느 치과 의사를 녹일까에 대한 문제였다. 실력 좋은 의사를 녹일지, 가까운 곳의 의사를 녹일지에 대해. 다행히 비용은 전혀 문제가 안 되었다. 스테이크라면 몰라도 의사가 돈을 요구할 리는 없으니까. 여러 의견이 오가며 결국은 가장 가까운 곳에 있는 의사를 녹이기로 정해졌다. 태양이 진통제를 너무 많이 먹고 있었다.

장소는 100미터 떨어진 어느 상가 2층의 치과였다. 광고를 한 적이 없는지 남겨진 후기가 하나도 없었다. 서진과 혜성이 함께 길을 나서기로 했다. 할머니가 털실을 보내온 짐칸도 튜브에 연결해 끌고 가기로 했다. 의사에게 문제가 생기면 그 짐칸에 태워 올 수 있을 것이다. 별로 오래 걸리거나 험난한 길은 아니었지만 그냥 대비책이었다. 몇 번의 경험으로 과할 정도로 준비하는 편이 훨씬 안전하다는 것을 깨달았달까.

그리고 역시, 대비책을 세우길 잘했다. 두 사람이 녹여서 집으로 데리고 온 사람은 전혀 치과 의사 같지 않았다. 짐칸에서 나온 사람은 치아는커녕 핀셋 하나 들 힘도 없어 보였다. 허리는 구부정했고, 절뚝이며 걸었고, 머리가 하얗게 센 노인이었다.

"이분이 의사 선생님이셔?"

태양은 집에 들어선 어르신을 보고 질문했다. 빈정대거나 놀란 기색은 아니었다. 서리는 태양이 생각보다 편견 없고 순수한 사람이구나 감탄했다. 태양의 물음에 기유진이 웃음이 터졌다. 모인 모두가 그 웃음소리에 화들짝 놀랐다. 기유진이 여기 있는 줄 몰랐으니까. 그사이 기유진은 있는 듯 없는 듯 지내는 데 도가 튼 듯했다.

"언니, 이게 어떻게 된 거야?"

서리는 할머니를 부축해 의자에 앉히고 물었다. 여든일곱의 노인은 틀니를 찾으러 집 앞 치과를 찾았다고 했다. 치과 의사가 앉아 있어야 할 자리에 왜 노인이 있었는지 서진과 혜성은 알 수 없었고, 노인도 제대로 설명하지 못했다. 이제 와서 이유 같은 건 소용 없겠지만.

태양은 이상한 신음을 뱉고는 손으로 턱을 감싸고 자기 방으로 들어가 버렸다.

"참 쓸모 있는 것만 녹이네."

기유진은 어차피 쫓겨날 처지라서 그런지 마음껏 이죽거리기로 한 모양이다. 이 상황이 고소해 죽겠는지 즐거움을 감추지 못했다.

"기유진, 내가 너 녹였잖아. 참 쓸모 있지?"

서리가 쏘아붙였다. 서진이 하는 일을 두고 기유진이 평가하는 꼴은 참을 수 없었다. 기유진은 서리를 흘겨보더니 자기 방으로 돌아갔다. 이제 5일 뒤면 이곳에서 유진을 마주치는 일은 없을 것이다.

노인의 건강 상태는 별로였다. 나이가 있으니 아픈 데가 많은 것은 당연하겠지만. 게다가 해동 뒤 여기까지 오느라 10년은 더 늙었을 것이다.

서리는 노인이 듣는데 이런 얘기를 대놓고 나누는 게 무례하다는 생각을 뒤늦게 했다. 그러나 노인은 아무것도 들리지 않는 듯 눈빛이 텅 비어 있었다. 몸은 여기 있는데 정신은 아직 저 밖에 꽁꽁 얼어 있는 느낌이랄까.

"배고파."

말이 없던 노인이 갑자기 또박또박하게 의사 표시를 했다.

혜성이 자리에서 벌떡 일어나더니 서리에게 어떻게 하면 좋겠냐는 눈짓을 보냈다.

"뭐? 왜?"

"야! 딱딱한 에너지바를 어떻게 드려?"

혜성이 서리에게 다가와 속삭였다. 그랬다, 에너지바를 씹기

힘들 것 같았다. 불행 중 다행으로 입안에 틀니를 잘 챙겨 얼어
붙긴 했지만.

"할머니 식사는 앞으로 누룽지로 하자. 재료 창고에 누룽지
있어."

서진의 제안으로 서로 돌아가며 식사를 돕기로 했다. 곧 나
갈 기유진은 예외였다.

"내 딸은 언제 와요?"

누룽지를 한 술 넘긴 노인이 갑자기 자리에서 벌떡 일어나
두리번거렸다. 식기가 바닥으로 떨어지며 요란한 소리를 냈다.
그 소리에 깜짝 놀란 노인이 울기 시작했다. 서리는 할 수만 있
다면 노인을 다시 원래 자리로 돌려놓고 싶었다.

다음 날은 무기력해 보이던 노인이 갑자기 괴력을 발휘해 밖
으로 나가겠다며 탈출을 시도했다. 근처에 있던 기유진이 노인
을 문에서 떼어냈다. 이후 서진과 서리는 지하와 지상을 연결
하는 문이 잘 잠겼는지 두 번 세 번 확인했다. 본의 아니게 노
인을 감금한 느낌이 들어 서진은 마음이 좋지 않았다.

기유진은 식사 당번이 아닌데도 노인 곁에 자주 붙어 있었
다. 노인은 이런 기유진을 싫어하거나 불편해하지 않았고, 오
히려 기유진의 팔을 붙들고 시하 여기저기를 돌아다녔다. 어떻
게 한 것인지 기유진은 노인의 딸 이름과 사는 곳이 적힌 종이
를 태양에게 건네주었다. 다른 사람들이 아무리 물어도 답하지

않았는데.

"뭐 드시고 싶은 거 있으세요?"

서리는 복도의 의자에 앉아 있는 노인을 발견하고 물었다. 질문을 듣지 못한 눈빛은 아닌데 역시 침묵이었다. 서리는 나란히 옆에 앉은 기유진을 힐끗 보았다. 기유진은 어깨를 한번 으쓱하더니 묘한 미소를 지었다. 꿍꿍이가 가득한 미소였고, 서리는 하루빨리 기유진과 헤어지고 싶었다.

2

조금 더 서둘러 논의해야 했을까. 그랬다면 노인은 괜찮았을까?

서리가 노인의 방을 노크했을 때 안에서는 아무런 소리도 들리지 않았다. 결국 서리가 "저 들어가요." 하고 외치고 문을 열었다. 문을 열었을 때 노인은 침대가 아닌 바닥에 엎드린 채 누워 있었다. 언뜻 숙면 중인가 생각했지만 그렇게 보이진 않았다. 기습이라도 당한 듯 쓰러져 있는 느낌이었다. 서리가 노인의 어깨에 손을 올리고 살짝 흔들었다.

서리에 이어 방에 늘어선 서신이 비명을 질렀다. 시리는 조용히 하라고 손짓했다. 죽은 줄 알았던 노인은 아직 숨을 쉬고 있었다. 곧 혜성 그리고 태양, 기유진이 차례로 달려왔다. 서진의 비명을 들은 것이다.

태양은 노인 코끝에 자기 귀를 가져갔다. 손목에 맥이 뛰는
지도 확인했다.

"할머니 빨리 진료실로 모시자. 이…… 이럴 땐 가족이 있어
야 하는데……. 이제 우리가…… 가족인가."

태양은 당황했는지 계속 말을 더듬고 있었다. 태양과 혜성
둘이 함께 조심히 노인을 들어 진료실 침대로 옮겼다. 많이 무
거운지 둘 다 티셔츠가 땀으로 흠뻑 젖었다.

"이럴 땐 어떻게 해?"

혜성은 이마의 땀을 닦으며 혼잣말을 했고, 다들 똑같은 것
을 마음속으로 묻고 있는 듯 보였다.

"할머니의 가족을 녹이는 데 찬성하는 사람, 손 들어 봐."

서진이 묻자마자 혜성이 손을 들고 기유진이 이어 손을 들
었다. 서리와 태양은 반대하는 듯 가만히 있었다. 서리는 기유
진이 왜 눈치 없이 손을 들고 의견을 보태나 궁금했다. 개가 낄
자리가 아닌데. 그리고 기유진이 찬성했기 때문에 더욱더 반대
하는 게 옳게 여겨졌다. 하지만 서리가 노인이라면, 생을 떠나
기 전 사랑하는 가족을 만나고 싶을 거라는 생각이 들었고, 결
국 찬성에 손을 들었다. 태양은 혼자만 반대인 게 부담스러운
지 내키지 않은 표정으로 손을 들었다.

"정 갈 거면 가는 김에 치과 선생님 녹여 주면 안 돼?"

태양은 턱을 손으로 감싼 채 물었다. 그러고 보니 오른쪽 볼이 눈에 띄게 부어 있었다. 노인의 가족보다 치과 의사를 녹이는 게 더 긴급해 보일 만큼.

"찬성! 대신 혜성과 내가 갈게. 서진 언니는 여기 남아. 태양 오빠도 몸이 아직 회복된 게 아니니까 있고."

"그냥 서리랑 내가 갈게. 어때, 서리야?"

서진의 말에 태양과 혜성이 반대하고 나섰다. 둘이 밖에 나갔다가 문제라도 생기면 모두가 위험해진다는 이유였다.

결국 서진은 집에 남고, 서리와 혜성이 다음 날 출발하기로 정했다. 그렇게 정하고 진료실을 떠나려는데 서리가 말했다.

"언니, 나 그 사람 녹여 와도 돼? 치과 의사랑 할머니 딸은 먼저 녹여서 혜성이 데리고 집으로 가게 할게. 난 그다음에."

그게 누구냐고, 더는 아무도 녹이지 않을 거라고 외치더니 대체 누굴 녹여 올 건지 다들 궁금해 죽겠다는 듯 서리의 얘기에 귀를 기울였다.

"황보연진 수사관 말하는 거지?"

서진은 그렇게 묻고, 녹이는 데 동의한다는 듯 가만 고개를 끄덕였다.

얼마 전 서진의 방을 찾은 서리가 따로 한 얘기가 있었다.

"언니, 나 엄청 재미난 거 알아냈어!"

서리가 재미있다고 말하는 것은 대체로 위험했기 때문에 서진은 긴장했다.

"뭔데?"

"우리 산책할 때마다 본 중절모 쓴 그 얼음 인간 있잖아. 내가 그 위치 찍어 봤는데 엄청 유명한 사람이야. 누구인지 알아? 황보연진!"

서리는 대답할 시간을 주지 않고 본인이 곧장 답을 말했다.

"'황보연진'이라고? 티브이에 나오는 과학수사관?"

서진은 '동명이인일 수 있잖아.'라고 말하려다 관두었다. 그러기엔 이름이 특이했다.

"동명이인 이닐걸. 내가 검색해 봤는데 그 사람 이 동네 살아. 아마 맞을 거야."

서진은 다른 동네 황보연진이 이 동네로 들렀을 가능성에 대해서는 굳이 말하지 않았다.

"신기하네. 그렇게 유명한 사람인 줄 몰랐어."

"그래서 말인데…… 녹여야 한다면 이 사람이 어떨까?"

서리는 이곳에서 누군가 크게 다치거나 혹은 죽는다면 진실을 밝혀 줄 사람이 있으면 좋겠다고 했다. 감정에 휩쓸려 상황을 판단하지 않기 위해서. 그런 대화를 나눈 지 얼마 안 돼 노인이 쓰러졌다.

노인의 몸에는 멍이 많았다. 바닥으로 쓰러지면서 생긴 상처라고 할 수도 있겠지만 목과 팔뚝 안쪽에 긁힌 상처가 수상했다. 노인이 피가 맺히도록 자기 몸을 긁은 걸까. 서진은 그 정도 깊이의 상처를 본인 스스로 낼 수 있는지 궁금했다.

사실 서진은 기유진을 의심했다. 그러면서 증거도 없이 기유진부터 의심하는 스스로가 위험하게 느껴졌다. 하지만 서리 역시 같은 의심을 했기 때문에 그 순간 '그 사람'을 언급하지 않았을까.

❄

다음 날, 서리와 혜성이 집을 나섰다. 바깥 기온 영하 217도, 바람 잔잔한 날. 태양은 굳이 슈트를 갈아입고 밖으로 나와 배웅을 했다.

"황보연진이라면 과학수사관 맞지? 왜, 네가 봐도 기유진 같아? 나도 그런데."

뒤편에서 손을 흔드는 태양과 통신이 되지 않을 만큼 멀어졌을 때 혜성이 물었다.

"누가 녹게 되는지는 나중에 확인해."

"아니야? 그럼 누군데? 요리사?"

혜성은 서리가 대답해 줄 리 없다는 걸 알면서도 자꾸 물었다. 요즘 혜성은 요리 동영상을 자주 봤고, 소비 기한이 임박한 식재료를 최대한 맛있게 요리해 먹어야 한다고 비장하게 말했다. 그게 재료에 대한 예의라고. 하지만 요리사라니, 생뚱맞다고 서리는 생각했다. 기유진이 혜성처럼 황보연진을 다른 인물로 오해하는 건 아니겠지 염려도 됐고.

"뭐, 그분이 요리를 잘할 수도 있겠지."

서리는 혜성의 질문을 피하려는 듯 튜브의 속도를 높이며, 혜성이 그토록 궁금해하는 단단히 언 황보연진 씨의 곁을 잽싸게 스쳐 지나갔다.

뒤편에서 혜성이 같이 가자고 부르는 소리가 들렸다. 서리는 오랜만에 경주를 하는 기분이 나 속도를 바짝 높였다.

3

 서리와 혜성이 떠난 그날 밤. 서진은 얕은 잠을 자다 방 밖에서 들리는 소음에 잠이 깼다. 집과 바로 이어지는 창살은 잠가 됐기 때문에 지하에서 나는 소리는 아닐 텐데 생각했다. 두려운 마음으로 방문을 열고 컴컴한 거실로 나서자 말소리가 들려왔다.

 "나야, 나 할 얘기가 있어."

 기유진의 목소리였다. 서진은 거실의 불부터 켰다. 기유진이 울먹이며 창살을 흔들고 있었다. 그런다고 열리지 않을 거 알 텐데. 서진은 저 문을 잠그지 않았다면 어떤 일이 벌어졌을지 궁금했다. 잃을 게 없는 지금의 기유진이라면 무슨 짓이든 하지 않을까.

"이 시간에 무슨 일이야."

서진은 기유진이 어떤 말을 할지 짐작 갔다. 벌써 이럴 줄은 몰랐지만.

"시키는 대로 여기서 나갈게. 그런데 맹세코 내가 일부러 그런 게 아니야."

서진은 소파에서 일어나 기유진을 마주 보며 거실 바닥에 앉았다. 바닥에서 올라온 찬기에 그날의 만남이 떠오르며 팔뚝에 소름이 올라왔다. 그러나 이번에는 도망치지 않을 것이다. 기유진은 무슨 의도인지 창살 사이로 자꾸 손을 뻗었다. 손톱깎이는 훔치지 못했는지 손톱이 너무 길었다. 손톱이 닿지 않을 만큼 충분한 간격을 두고 떨어져 있던 서진은 바짝 창살로 다가가 기유진과 거리를 좁혔다. 그리고 창살 사이로 손을 뻗어 기유진의 이마를 가볍게 밀쳤다. 기유진이 흠칫 놀라는 게 손끝으로 전해졌다.

"물러서. 너 때문에 잠이 깼거든. 중요한 얘기여야 할 거야."

서진은 그렇게 말하곤 굳게 닫힌 창살을 열었다. 서진이 문을 열 줄은 몰랐는지 기유진은 당황해 눈이 커졌다. 놀란 게 아니라 머리를 굴리고 있는지도 몰랐다. 서진을 어떻게 해 볼 기회는 지금뿐이라고. 하지만 실패하면 어쩌지 주저하고 있는 것도 같았다. 상관없었다. 서진은 당하지만 않을 테니까. 이틀 뒤면 기유진은 이곳을 떠날 거고, 본인도 잘 알고 있었다. 이제

와서 무슨 말과 행동을 해도 그걸 바꿀 수 없다는 것도 알 거였다. 그런데도 소란을 피우는 것은 더 나빠지지 않기 위해 발버둥 치는 거겠지. 이유는 모르겠지만 기유진은 다시 얼 생각은 조금도 없어 보였다.

"내가 그랬어."

"뭘?"

서진과 서리는 기유진이 자백하리라 예상했다. 할머니에게 폭력을 가한 기유진이, 황보연진이 녹을 거라고 믿으면 견디지 못하고 제 잘못을 털어놓게 될 거라고.

"내가 밀쳤다고. 그냥 정신을 차리게 하려고 한 건데 힘이 그 정도로 없을 줄 몰랐어. 아기도 아니고 사람이 어떻게 그렇게 약해?"

"그러니까 네가 할머니를 때려서 쓰러지게 했구나. 왜 그런 건데?"

서진은 기유진의 눈을 똑바로 응시했다. 유진의 눈빛이 뒤흔들렸다.

"있는 그대로 말해."

"넌 '왜'가 뭐 그리 중요해?"

기유진은 작게 말했지만 목소리에는 한껏 신경질이 배어 있었다.

"나랑 여기서 같이 지내고 싶다고, 사람들 앞에서 말해 달라고 부탁했어. 그럼 너희가 날 내쫓지 않을 수도 있다고 생각했으니까. 그런데 자꾸 정신이 다른 데 가 있어서 내 말을 듣지 않더라고. 내 말을 무시하는 것은 참을 수 없어. 그래서…….”

“그게 이유야? 넌 너보다 약하거나 네 기준에 쓸모없다고 판단하면 짓밟아도 된다고 생각해?”

기유진은 그 말에 부정하는 듯 고개를 저었다.

“넌 여기서 나가야 해. 그 사실은 바뀌지 않아. 이미 여러 번 말했지만 일주일에 한 번씩 식량과 함께 필요한 물품이 튜브로 배달될 거고. 더 반복해서 설명하진 않을게. 종이와 펜을 줄 테니까 거기에 네가 나한테 한 행동들을 적어 놔. ‘왜’ 그랬는지도.”

“나한테 해 줄 수 있는 게 그게 전부야?”

서진은 기유진의 질문이 바로 이해되지 않았다.

“무슨 뜻이야? 죗값을 제대로 치르고 싶다는 뜻이야? 아니면 자백했으니 대가라도 달라는 거야?”

기유진은 입을 꾹 다물었다. 둘은 그렇게 한참을 침묵 속에 대치했는데, 기유진의 눈빛이 예전의 그 살기로 잠시 번뜩였다. ‘애를 손볼까. 하지만 그러고 난 뒤에 어떻게 되는 거지? 예전처럼 애가 순순히 당할까?’ 고민하고 갈등하는 게 고스란히 읽혀 우스웠다. 지금도 뭘 할 수 있다고 믿는 게. 기유진은 고민이 끝났는지 눈을 내리깔았다.

"하나 묻자. 누군가 녹일 수 있다면 넌 누굴 녹일래?"

물론 서진은 기유진이 원하는 사람을 녹일 계획은 없었다. 기유진과 있는 이 순간, 자신이 누굴 녹이고 싶은지 알았기 때문에 나온 질문이었다.

서진은 약한 사람들을 녹이고 싶었다. 분명 존재하는데 세상에 없는 듯 보이지 않았던 선한 사람들을 녹이고 싶었다.

"녹이고 싶은 사람 없어. 내가 어떻게 하면 네가 날 괴롭히지 않을 건지 알고 싶어."

기유진은 망설임 없이 아무도 없다고 대답했다. 녹이고 싶은 사람이 없다기보다 그럴 기회가 없음을 알고 있겠지. 그러나 서진은 추측을 멈췄다. 기유진의 말이 진짜인지 거짓인지 다른 의도가 숨어 있는지 더는 눈치 보며 헤아릴 필요가 없었다.

"창살 닫고 내려가."

서진은 후련한 마음으로 자리에서 일어나 거실의 불을 껐다. 기유진이 제 손으로 창살을 닫고, 계단을 내려가는 소리가 들려왔다.

방으로 돌아온 서진은 이불 위에 태양이 직접 떠 준 노란 담요를 펼치고 다시 누웠다. 잔잔한 바람에도 너울대던 잠이 일순간에 고요해졌다. 언 것이 녹고 있는 밤이었다.

작가의 말

『녹일 수 있다면』은 매일 아침 조금씩 써 내려간 이야기입니다. 튜브의 속도로 치면 '아주 천천히'에 해당하지 않을까 싶게 더디게요. 시작할 때만 해도 이 속도로 언제쯤 끝에 닿을 수 있을지 아득하기만 했는데 이렇게 독자 여러분을 만난다니 믿기지 않습니다.

얼어붙은 지구에서 펼쳐지는 이 이야기는 근미래를 다루고 있습니다. 이상기후로 극변한 지구를 외계생명체가 자원 보관 측면에서 냉동하게 되는데요. 지구의 사정은 조금도 고려하지 않는 행태가 너무하다 싶지만, 인간이 지구를 대해 온 태도도 크게 다르지 않다는 생각입니다. 지구 상태가 심상치 않다는 것은 우리 모두 체감하고 있는 현실이니 얼어붙은 세계의 시점을 오늘에서 멀지 않은 날로 상상해 주시면 되겠습니다.

등장인물들이 하는 일이라곤 이전의 세계를 그저 하나하나 녹이는 일인데 이것이 의미 있는 행동일까 고민했습니다. 과연 괜찮은 세계를 만들 수 있을까요? 다 녹이고 나도 원래 존재하던 똑같은 사람, 똑같은 세상이 나올 텐데요. 회의적으로 보여도 어떤 목소리가 먼저 녹느냐에 따라 달라질 수 있다는 생각에 닿았습니다. 누구를 녹이고 싶은지 떠올리며 읽어 주시면 감사하겠습니다.

부족한 글을 세상에 선보일 기회를 주신 구병모, 김민령, 이기호, 최영희 선생님께 깊이 감사드립니다. 애정을 담아 정성껏 만들어 주신 현대문학의 강연옥, 윤희영 팀장님께도 감사드립니다.

원고를 쓰며, 몇 번이고 함께 읽으며 필요한 조언과 응원을 아낌없이 보내 준 도제희 작가님께 특별히 고마운 마음을 전합니다.

2024년 겨울을 앞두고
임고을

녹일 수 있다면

초판 1쇄 펴낸날 2024년 11월 15일

지은이 임고을
펴낸이 김영정

펴낸곳 (주)현대문학
등록번호 제1-452호
주소 06532 서울시 서초구 신반포로 321 (잠원동, 미래엔)
전화 02-2017-0280
팩스 02-516-5433
홈페이지 www.hdmh.co.kr

ISBN 979-11-6790-278-8 (43810)

* 책값은 뒤표지에 있습니다.
* 파본은 구입처에서 교환해드립니다.